木七下山

英布草心 ◎ 著

天津出版传媒集团

百花文艺出版社

图书在版编目（ＣＩＰ）数据

木七下山 / 英布草心著. -- 天津：百花文艺出版
社，2023.6（2023.9 重印）
ISBN 978-7-5306-8488-7

Ⅰ. ①木… Ⅱ. ①英… Ⅲ. ①长篇小说–中国–当代
Ⅳ. ①I247.5

中国国家版本馆 CIP 数据核字(2023)第 081006 号

木七下山
MUQI XIASHAN

英布草心　著

出 版 人：薛印胜
责任编辑：李文静　　装帧设计：丁莘苡
封面插画：张　璇　　内文插画：杜　倩
出版发行：百花文艺出版社
地址：天津市和平区西康路 35 号　邮编：300051
电话传真：+86-22-23332651（发行部）
　　　　　+86-22-23332656（总编室）
　　　　　+86-22-23332478（邮购部）
网址：http://www.baihuawenyi.com
印刷：天津新华印务有限公司
开本：880 毫米×1230 毫米　　1/32
字数：120 千字
印张：7
版次：2023 年 6 月第 1 版
印次：2023 年 9 月第 2 次印刷
定价：35.00 元

如有印装质量问题,请与天津新华印务有限公司联系调换
地址:天津东丽开发区五经路 23 号
电话: (022)58160306
邮编:300300

主要人物列表

杨木七：男，七岁多，留守儿童，在姆吉奶奶的照料下长大。

姆吉奶奶：七十来岁，杨木七的奶奶，孤苦老人。

刘统：村支书，为人朴实善良，喜欢开玩笑。

刘二虎：男，八岁，刘统的儿子，性格开朗，喜欢唱歌。

阿尼嫂：刘统的妻子，刘二虎的母亲。

卢八美：女，七岁，杨木七的小伙伴，害羞寡言，喜欢民歌。

卢正云：卢八美的父亲，皮肤黝黑。

何秀丽：卢正云的妻子，卢八美的母亲，心地善良。

傻大头：四十五岁，又穷又懒，喜欢欺负小孩子和孤寡老人。

杨贵州：尼姆希望小学的校长，为人正直，一心为教育。

白阿乌：音乐老师，不仅歌唱得好，还会创作校园歌曲。

王峰：志愿者老师，帅气、善良，很受学生喜爱。

朱国明：男，十三岁，个子不高，喜欢戴一顶黑色的呢子帽。

杨默：三十多岁，货车司机，是杨木七父亲的叔伯兄弟。

目录

引子

后来,杨木七总想起那个遥远的午后,阳光落满山野,核桃树静穆庄严,爱聒噪的鸟雀也没有一只。他独自一人背着一个黑色的布袋,里面装着姆吉奶奶遗留的衣物,从陡峭的山路蜿蜒而下。

山路下方是公路,亮晃刺眼。小木七本可以走公路,那样不需要爬坡下坎,但他没有走公路。他沿着山垭上的小路忧伤地前行,走到最后一道山垭——漆树坡时,掏出竹笛吹了起来。

山还是那座山,山上的人却已搬到山下。山下有新修的房子供山上的人住,里面接通了水电和网络,布置好了沙发和电视机。小木七家是最后搬离的,小木七和父亲杨洪邦对山上有种说不出的依恋。

也许,那是姆吉奶奶留在了山上的缘故吧。

第一章

凉山上

1

四岁时,小木七就可以叫出周边的山名。

小木七屁股下坐着的山像一张弓,传说是古代某位神人的弓幻化的,叫作弓山。

小木七左侧的山像一台石磨,圆溜溜的上磨盘和略显粗糙的下磨盘,还有半弯的手柄与顺延而下的木槽,就差一位推磨的女子了。这山就叫石磨山,据说大雾天时人们可以听到推磨声,有时还会夹杂几声隐隐约约的婴儿的啼哭声。

小木七右侧的山,两边高、中间低,看起来像一具马鞍,所以它应该叫马鞍山,但它不叫马鞍山。最早的时候,这是一座峻峭的山,从山顶到山腰,满是竹林、杉木林等,一年四季变化各种色彩,仿佛一位美丽的姑娘每天换上新的衣裳。早前,它叫姑娘山。后来,一块巨大的石头从天上落下,砸出一个豁口,让姑娘山看起来像一具马鞍。因此,它改叫姑娘豁口山,平时简称豁口山。

小木七背后的山,其实是一片悬崖,光秃秃的,找不见一点儿林木,每天在太阳下闪闪发光。按说,它应该叫秃山。

当然，它不叫秃山，而是叫杨家山。

小木七前方的山，悠悠荡荡，仿佛是一条河流。据传，人类社会还处于部落时，这座山就已经有了。当时，有一位叫阿重的人为了寻找自己的父亲，在这里遇到织布的阿香。后来，他们结成连理，让后代子孙找到了父亲。这座山因为像一匹布，故全名叫阿香织布山，简称织布山，在阴雨绵绵的日子，透过阴雨望去，还真像一位女子坐在那里织布。

小木七从小聪明伶俐，但孤苦无依。他来到世上才五六个月，父亲杨洪邦和母亲李阿洛就到山外打工去了。他与七十来岁的姆吉奶奶相依为命，与左邻右舍和善相处，与天地万物和谐共生。姆吉奶奶每年都说儿子儿媳年底就会回来，但他们除了第一年寄了钱回来外，可以说是杳无音信。

在山上，小木七跑来跑去，在不变的四季里，仿佛有什么紧要的事。他在山上蹦蹦跳跳，哼哼唱唱，仿佛无比开心。可事实上，他似乎不知道什么是开心，什么是不开心。

后来，时间在凉山又走过两年，小木七七岁了。

还是盛夏的时候，小木七面朝石磨山，想象山背后的原始森林。

那里应该有一个世界，就像弓山。小木七想。

沿着杂草覆盖的小路,小木七离开弓山,走向未知的石磨山,准备到山背后的原始森林里探险一番。也许会迷路,也许会遇上老虎、狮子什么的,他刚站起来的时候,这些念头就钻进他小小的脑袋。太阳明晃晃的,它在天上走,周边的淡云像扯松的羊毛,远远散落在广阔的天幕上,如果脱下鞋子用小脚丫踩在上面,应该很柔软、很舒适。

一只鹧鸪在树丛里唱歌,那"叽叽呱呱"的声音小木七听起来是这样的:

昨晚二喜家娶媳妇,

一大盘坨坨猪肉放在火塘边,

瞎了眼的二喜他爹,

一转身就把盘子踩翻了。

可惜了! 可惜了!

二喜家的客人没有肉吃了。小木七想。

小木七不心疼二喜家的客人,只心疼那盘肉。如果用白开水洗一下,应该还是可以吃的;如果没有白开水,把肉块丢进火堆里烤一下,也应该是可以吃的。那些沾了泥土的部分,用刀口轻轻刮一下就可以了。他想。

目之所至,全是青幽幽的草木。小木七没有看见鹧鸪,鹧鸪的歌声却让他纠结了好半天。他刚纠结完肉怎么吃,一只小松鼠就出现了。之前,他看到过松鼠,灰色的毛发,坚挺的耳朵,一双眼睛黑溜溜的,就像两颗黑豆,骨碌碌转得飞快。最令人羡慕的,就是它们在树枝上跳来跳去的功夫,乍一看上去很像鸟儿。当然,它们不是鸟儿,身上也没有翅膀,只是在树枝上跳跃的能力了得罢了。

小木七前方的小松鼠,看起来只有两三个月大。它只有一个小拳头那么大,身长不过两指,有点儿像刚破壳而出的小鸡崽,全身上下娇嫩无比。它身上的毛发细微柔软,在阳光下微微抖动,呈鹅黄色。在杂草覆盖的小路上,它倚靠着一根枯木站着,小鼻子时不时动一下,仿佛在跟小木七打招呼。

小松鼠那么弱小,看起来弱不禁风,但一点儿都不怕小木七,仿佛它知道小木七是没有父母在身边的孩子,知道他不会欺负它似的。

"难道你不怕我把你抓走,拿回家关在笼子里玩吗?"小木七小声地说。

小松鼠站在枯木上,小小的尾巴摇动两下,一双眼睛滴溜溜的。它好像在说:"动物与人类是好朋友,不会互相伤害的。"

"那是因为你没有去过人类世界,没有见过凶恶的人类。"小木七向前走了一步说。

小松鼠的鼻翼一张一合,仿佛在说:"你是我见到的第一个人,我相信你不会。"

小木七打小不经夸,只要夸奖他两句,整个人的格局一下子就会变大,哭得再伤心也会微笑起来。他说:"可爱的小家伙,你算是看对人了。"

小木七伸手摸了一下小松鼠的毛发,呼出一口气,继续说:"我们做朋友吧,反正我也孤单。在凉山上,最无所事事的人只有我了。"

小松鼠仿佛听懂了小木七的话,用小小的脑袋蹭着他的手掌心,用小小的鼻子嗅着他的手指,直接跳到了他的肩膀上。

小木七不过才走出弓山三块地左右,就找到一位朋友,心里别提多高兴了。他一张黝黑的脸红扑扑的,鼻翼兴奋地抽动着,想炫耀一下自己的成就。不过,周围除了葱葱郁郁的草木,并没有人可以让他炫耀。

这一刻,如果刘二虎和卢八美在身边该有多好!他们肯定会羡慕死的。小木七想。他带着小松鼠走了一小会儿,看到前方山崖上有一只山鹰。

他抖动一下肩膀,小声提醒:"小不点儿,前方有敌人,你快躲到树林里去。"

只听"沙沙"两声，小松鼠就从小木七的肩膀上跳到旁边的树林里了。

小木七扒开一团刺笼来到悬崖边，在小小的岩缝间发现了一只小白兔。

岩缝旁边有一个小洞穴，那应该是小白兔温暖的家。太阳照耀着山林，森林在山谷间起伏，山风轻拂着每一棵草木，盛夏的凉山是一个美丽的童话。小木七的手上拿着一根小木棍，一边走向岩缝一边小声地说："我可是好人，你不用害怕。"

小白兔只有巴掌那么大，一对耳朵长长的，就立在小脑袋上。它怔怔地望着小木七，也许它还不知道什么是"害怕"。它雪白的脸孔上没有一丝恐惧，仿佛天地间的万物都不会互相伤害似的。小木七想，没有父母的孩子，其实就像风中的落叶。当然，没有一个孩子会没有父母，只会有父母不在身边的孩子。

小木七向小白兔自我介绍说："我叫杨木七，小伙伴们叫我七七，奶奶叫我山子。你知道奶奶为什么叫我山子吗？因为她希望我长大了成为山主。"

小木七把这些话说给小白兔听，它的眼睛左顾右盼，仿佛听懂了他说的话。

小木七向小白兔招了招手，它从岩缝间一个纵跳就来到小木七前方的草丛中。

　　阳光斜照在山坡上，斜照在黑褐色的岩石上，散落在杂乱的草丛里，散落在小木七乌黑的小脑袋上，跳跃在小白兔雪白的身体上，就像一首快乐的山歌。在凉山，有一首快乐的山歌叫《阿依努》。小白兔走在小木七前面，小木七跟在小白兔后面，他一边沐浴太阳的光芒一边懒洋洋地歌唱：

　　　　我是朝气蓬勃的山子哟，

　　　　但愿事想成，但愿梦成真。

　　　　若能事想成……

　　小白兔听不懂小木七唱的山歌，但能感受到他心中的欢乐。

　　小白兔在若隐若现的山路上蹦蹦跳跳，小木七抓住路边的树枝与藤条往森林里走，高大的树木越来越多，挂在树上的松萝也一点点多起来。这么美好的一天，小木七开始了人生的第一次探险，一路上忐忑而激动。前面铺展开的世界，一个比一个稀奇，一个比一个有趣，遇到的小动物也一个比一个友善。小木七想，如果人类世界也像森林里的世界，一切和谐而美好就好了！

2

小白兔带着小木七走了一会儿，就找食物去了。

如果小木七身上带着食物，他肯定不会让它离开的。虽然它听不懂小木七说的话，但它实在太可爱了。从悬崖下方的山路走到森林边平坦的草坪上，他们互相追赶。因为这个游戏，吓跑了躲藏在树林里的一只火红色的野鸟。只听几声鸟鸣后，在离小木七和小白兔很近的地方，一团火红色的东西就飞到天上去了。

小木七往后退了三步，小白兔直接躲进了草丛里。他们安静地等了一会儿，发现这样一只野鸟对他们没有威胁的时候，小白兔才从草丛里探出头来，一边啃食青草一边用眼睛示意，仿佛在说：木七呀，你就一个人往前走吧，我要趁着美好时光吃饱肚子，不然到了晚上就饿得睡不着了。于是，小木七点点头，一个人走进茂密的树林。

石磨山背后的森林遮天蔽日，走在大树下，太阳散发着一轮金光，在树顶上慢悠悠晃动，从枝叶缝隙间洒下一些破碎的光芒。

那些破碎的光芒，星星点点，各种形状，有落在树干上的，有落在树叶上的，小部分落在了地上。小木七抬起小小的脚丫踩住它们的时候，它们就印在了他的脚背上。小木七身上的披毡本来是黑色的，因为光芒落在上面，仿佛镶嵌了各种形状的金片，一下子变得好看而神圣。

这件披毡是小木七的爷爷留下的。

小木七的爷爷叫杨国清，在"人民公社"时期当过凉山生产队的大队长，一度山上山下声名远扬，只要一说"杨大队长"，山里山外的人就知道指的是谁。这样一位人物，在小木七来到世上的十五年前就离开了人世，留下姆吉奶奶一人养育当时尚未成年的杨洪邦。

杨国清去世前，不知道日后小木七会来到这个世界上，但还是亲手制作了一件小小的羊毛披毡保留下来。别看这是一件小小的披毡，小木七穿上它，就像穿着一份荣耀，走到哪里都趾高气扬，仿佛高人一等般。

森林看起来密不透风，走进来却是一个不一样的世界。森林下面的草地上常年堆满腐朽的枯枝败叶，小木七小小的脚丫踩在上面软塌塌的，无比舒服。

这片森林隐藏在石磨山背后，按道理应该叫石磨山森林。但是，它不叫石磨山森林，而叫阿洛森林。

阿洛可能是一个地名，也可能是一个人名，后来的人没有去研究，自然也就没有找到这个名字的由来。小木七倒是希望阿洛是一位小姑娘，就像与他要好的卢八美一样，小小的脊背后面晃动着一条小小的发辫，走到哪里都悄无声息，在别人需要帮忙的时候却会一下子冒出来。

小木七顺着一条宽阔的林路往前走，一棵棵树木看起来排列得没有规则，其实为自己站立之处留下了足够的空间。举目望去，高大挺拔的大树下大路小路交叉纵横，有往东的，也有往西的，每一条路都有自己的特点。如果是在半夜三更，这些大大小小的林路上估计会有不少珍禽异兽。

小木七三岁多一点儿的时候，就知道人类与野兽有各自的规矩，白天留给人类，黑夜留给野兽。如果野兽大白天出来伤人，那是野兽不懂规矩；如果人类半夜三更走进野兽的世界，那就是人类不懂规矩。无论是大山深处，还是遥远的异地他乡，因为有了一种叫规矩的东西，一切才能正常运转。

小木七顺着一条半圆形的林路走了一大段，突然听到了"当当当"的声音。他顺着声音的方向望去，看到一棵笔直的树干上挂着一坨黑色的东西，两头尖，中间椭圆，仿佛一个缠满了羊毛线的捻子。他往前走近一点儿，看清了那是一只小鸟，小小的脑袋，尖尖的嘴巴。它看到小木七走近了，便停顿了一会儿。它的嘴巴就像舂米的捣杵，用极快的速度撞击着树干。在"当当当"的声音里，一片片零碎的木屑从高高的树上掉落下来,在落满枯枝败叶的树下堆成一小堆粉末。

小木七听卢八美讲过,山林里有一种鸟叫啄木鸟,长期以捉食树干上的害虫为生。它是树木的医生,哪棵树有蛀虫了,它一下子就能发现。

小木七脚下有一颗小石头,如果这只鸟不是树木的医生,那就可能被一颗小石头打跑了。他弯下腰捡起石头犹豫片刻,但没有把石头甩出去。他就像一位领导视察工作一样,向尽职尽责的啄木鸟挥了挥手说:"啄木鸟,好好干,将来前途无量。"他没有想过一只啄木鸟的梦想是什么。如果啄木鸟没有什么梦想,那所谓的前途也谈不上是前途。他走过去,在半圆形的林路上绕了两圈,就遇到了一只刺猬。

刺猬全身上下长满尖利的刺,如果谁碰上它,就可能会被刺到。收拾刺猬最好的办法就是用腐朽的木头或者南瓜,只要轻轻一掷,朽木或南瓜就会挂在刺猬身上。

一只小小的刺猬背不动沉重的朽木或者南瓜。小木七手上没有朽木,也没有南瓜。当然,刺猬就蜷缩在一个树桩下,并没有一点儿要攻击他的意思。他裹紧小小的披毡,一点点往前挪移。

它是受伤了吗?怎么一动不动?他一边靠近一边想。

刺猬一身黑乎乎的,如果没有刺,模样就像大老鼠。它的一双小眼睛黑亮亮的,在眼眶里转来转去。小木七与刺猬只有大约五步的距离时,他发现树桩背后有一个小洞,洞里蜷缩着三只小刺猬。大刺猬模样吓人,但小刺猬模样可爱。它们挤挤挨挨,在树洞里你碰我一下、我碰你一下,并没有因为小木七的靠近而紧张。

小木七长出一口气,找了一块长了苔藓的石头坐下来。他一路走着,表面看起来好像一点儿都不累,但一双脚还是越来越沉重了。他在石头上坐下没一会儿,一颗野果就从树上掉下来,正好砸在他的头顶上。那是一枚坚果,表面长满了刺。他不知道那是一枚什么野果,也不知道刺猬会不会吃这种野果。两年后,小木七才知道那是野生板栗。他弯腰捡起坚果,小心翼翼地丢了过去。

大刺猬以为小木七要伤害小刺猬,忙发出"嘶嘶"的声音,算是对他的警告。它观察了小木七一会儿,觉得没有危险后就挪动身体把坚果抱在怀里来到树洞边。它用一只脚压住坚果,然后俯下身子咬开坚果外面的利刺。

小木七以为大刺猬会把坚果吃掉,但它伸出舌头舔了一下坚果后,就把坚果咬碎成三块,直接叼给了树洞里的三只小刺猬。

原来小刺猬的妈妈这么伟大!小木七坐在石头上不禁感慨起来。

小木七对父母没有什么记忆,不爱他们也不恨他们。如果不是姆吉奶奶时常提到他们，小木七可能早就忘掉人来到世上是需要父母这件事了。

刺猬妈妈对小刺猬的爱感动了小木七，但没有令他想念自己的父母。其实，他不是不想念父母，而是不知道怎么想念他们。小木七小小的脑袋里没有父母的影子，不知道他们长什么模样，也不知道他们是否疼爱他。也许，他们一样对他没有爱也没有恨。小木七想。

如果有一天刺猬妈妈受到了伤害，小刺猬一定会为妈妈报仇的。凉山上有句俗语说："母亲的颜面是儿子，猎狗的本领是鼻子。老鹰再凶恶，也不吃自己的孩子；母鸡再弱小，也会用自己的身体护住鸡崽。"

如果我有一个母亲就好了，在山上就不会被人欺负了。小木七想。

后来，小木七又遇见了鹌鹑、布谷鸟、野山羊、野鹿、猫头鹰等，它们大部分都由父母带着，不管是天上飞的还是地上走的，都其乐融融。小木七羡慕森林里这些神灵的礼物，但并没有感到自卑。

第二章

寻找父母

1

小木七回到弓山，还没走到瓦果山，就遇上了傻大头。

傻大头是凉山上出了名的傻子，四十五岁，又穷又懒，平时喜欢欺负小孩子和孤寡老人。小木七和姆吉奶奶就是被他欺负的对象。打记事起，小木七就讨厌他。当然，一些讨厌的人偏偏会遇上，似乎是一种定律，比如怕什么来什么。

傻大头长得牛高马大，站在弓山前方的一个路口，仿佛是一棵青松。

傻大头的身上穿着一件厚厚的棉衣，看样子应该好长时间没洗了，但也没有什么臭味。他家住在瓦果山埂下方的一块山坳里，之前还有一位又老又瞎的母亲，后来老母亲走了，就只剩下他自己了。

傻大头傻里傻气，他的父亲似乎也傻里傻气。

当时，凉山还没有解放，那些山外的强盗像野兽一般，躲在茂密的草丛里、刺笼里，一看见有单个的人来打柴，就跳出来把他掳去或打死。不管是死的还是活的，强盗都可以得一大笔钱。傻大头的父亲图鲁和其兄弟勒鲁就是被强盗打死的。很多年后，凉山解放了。但是雾天或者天要黑的时候,人们仿佛还可以听到图鲁和勒鲁的悲鸣。

傻大头是遗腹子,他的父亲图鲁死后大半年他才来到世上。凉山解放后,翻身农奴做主人,傻大头的母亲风光了一段时间,把傻大头喂养得白白胖胖的。她以为傻大头长大了会成为"人上人",哪知道他越大越傻,最后连老婆都没有娶上。

傻大头的母亲去世后,他就留着一头乱蓬蓬的焦黄的头发,不仅相貌丑陋,也没什么出息。他住在山坳里,一年四季守着一间破草房。草房已经很破,他也不修补。他在"包产到户"的时候分得四五亩土地,但也不好好耕种。他最喜欢做的事情,就是啃完两个半生不熟的洋芋后,穿上一件破棉衣躺在屋背后的坎子上晒太阳。他无所事事的时候,就会欺负小木七和姆吉奶奶。

去年冬天的一天,小木七走到苦荞地时太阳已到头顶。小木七背着一只小竹筐与刘二虎他们一起拾肥料。

小木七和刘二虎在加古苦荞地右边的小河沟边拾,卢八美和夫罗在左边的小河沟边拾。他们一路寻找牛屎、马屎、猪屎……随便什么屎,只要是屎,包括人屎,他们都可以拾走。

小木七和刘二虎走到河沟边,远远看见拉坡和衣子背着个大竹筐在那里找来找去。他们是专门拾肥料的,可能早就拾了满满当当的两三筐背回家了。

小木七和刘二虎分头行动,一个在河沟上边拾,一个在河沟下边拾。

小木七找啊找的,也真是倒霉,他所走过的地方都被拾得干干净净,就像刚刚被打扫过一样。小木七从河沟这边走到河沟那边,又从河沟那边走到河沟这边,除了拾到两坨猪屎外,走了几块地都没拾到一坨完整的牛屎或马屎。

小木七的一颗心有些失落,站直身子捶了捶腰杆,顺便看了看在河沟下边的刘二虎。刘二虎的运气好像不错,小木七看到他已经拾了半筐了。如此下去,小木七相信,不到半个时辰,刘二虎就会拾上满满一筐。

小木七顺着河边,顶着炽热的阳光一直找。最后,他在一块大磐石的背后,找到了一块到处是牛屎、马屎、猪屎的洋芋地。他当时的心情激动得无法形容,仿佛是谁无缘无故送了他一只美丽的鸟儿般,还有些不好意思地脸红起来。

小木七站在洋芋地前,深吸了一口气呼出去,内心小声地念叨着:"我就说嘛,我这个干大事的人怎么会那么倒霉呢?"顷刻间,他仿佛看到了奶奶满意的笑脸,听到了奶奶赞扬的话。

小木七弯着腰,双手交替拾起牛屎、马屎、猪屎来。也可能是激动的缘故,他的汗水一滴接着一滴,唱着欢快的歌谣往下落。

"嘿!你是不是吃了熊心豹子胆?前后左右那么多块地,哪块地你不能拾,偏偏跑到我家的洋芋地上来拾?"

小木七正努力拾着肥料,突然听到一个凶狠的声音在头顶炸响。

"呵!这块地是你家的吗?它看到你咋个不向你问好呢?"来人是刚才小木七和刘二虎看到的拉坡和衣子。此刻,他们正站在大磐石上恶狠狠地盯着小木七,说话的人是拉坡。

"你说什么?你再说一遍,我好像没听清楚哦!"拉坡比小木七大三岁,属蛇的,但人瘦得皮包骨头,个头与小木七不相上下。

"你没听清楚吗?你是聋了不成?"小木七好不容易找到一块拾肥料的好地方,有人却要跟他硬抢,不由得火冒三丈。

"我觉得你俩可以一人一半地平分这些肥料。"衣子傻乎乎地说。

衣子也比小木七大三岁,也是属蛇的。他说话慢慢吞吞的,有时还口齿不清。

"你一边去!这里没有你的事!"吵架间,小木七把洋芋地上的肥料拾完了。

"呵!你很拽哦!是不是皮子痒了?"拉坡虽然个子不高,但是脾气大。他先把脑袋向右肩膀一歪,然后乜斜着一双眼睛盯着小木七。

"谁皮子痒？你说清楚谁皮子痒？"小木七想，他再不走就有可能打起来了。所以，他一边回骂，一边寻找出路打算逃离。

他们是两个人，要是打起来，小木七肯定要吃亏。

"你小子敢跟我对着干，你是活腻了不成？"拉坡和衣子从大磐石上下来把路堵住。

"肥料给我留下！"拉坡抓住小木七的筐沿。

拉坡把筐沿抓得紧紧的，小木七使劲向前走了几步都没有挣脱。

"放手！你再不放手的话我不客气了！"小木七喊道。

"你不留下肥料别想走！"拉坡使着力气把小木七推来搡去。

两人挣扎间，只听"砰"的一声，筐绳断了，肥料"哗啦"一声散下地来。

小木七顾不了吃亏不吃亏了。兔子被逼到死角还会回过头来咬人呢，难道我连兔子也不如吗？想到这里，小木七一下子扑向拉坡。小木七又是抓又是咬的，没过一会儿，就把拉坡拱倒在地，把他打得"哇哇"大叫。

小木七在打斗时两眼血红，好像要吃人一样，在气势上就把拉坡打败了。

拉坡在小木七的身子下面一边挣扎一边大哭，小木七在上面与拉坡一边厮打也一边大哭。

拉坡在下面越来越支撑不住了，没一会儿就向衣子求救："衣子啊，你傻了吗？你快帮我拉开他呀！你快帮我拉开他呀！"

衣子呢，也可能是吓傻了。小木七和拉坡打了那么久了，他一直站在旁边当观众。他听到拉坡的呼救声，还以为拉坡喊的人与自己无关。

"衣子啊，你的耳朵聋了吗？你的眼睛瞎了吗？你快点儿来救我呀！"拉坡看到衣子还在旁边站着，像一根木桩子似的一动不动，便提高声音大吼起来。

小木七压住拉坡的身体，使尽所有力气挥舞着小拳头捶打他。渐渐地，拉坡只剩下防守了。小木七想，今天一定要好好修理修理这小子！

由于胜利在望，小木七开始激动起来。而恰恰就在这个时候，一只手使劲抓住了他的后衣领，似乎只是轻轻一提，就把他掀翻在地，然后，一个人就骑在了他的身上。

原来是傻大头来了！小木七高兴得太早、太得意忘形了！傻大头把小木七从拉坡身上掀翻，然后骑在小木七身上"噼里啪啦"地一阵猛捶。小木七在下面拼命地反抗，使出吃奶的劲儿挣扎，可毕竟力量悬殊。渐渐地，小木七手脚上的力量越来越不足了。

天哪！难道就这样一直被打下去吗？小木七想。

"傻大头！你给我等着，我不会让你好过的！"小木七挣扎着喊道。

"我……我等着，你想咋着？我现在就在你身上等着呢，你想咋着？"

小木七手脚上的力气越来越不足，连说话的力气也越来越小了。小木七想喊，但身子被压着、捶着，气越来越闷，不要说是大喊，就连呼吸都似乎越来越困难了。他的一颗心也越来越绝望，渐渐变冷、变麻木。

这时，小木七想到了神。如果这个世界上真有神存在的话，他想，神应该会来帮他的。因为他是有理的，拉坡是无理的。

"傻大头打人了！傻大头打人了！他要打死木七了！"小木七刚闭上眼睛想放弃抵抗，刘二虎的喊声就响起了。

小木七被打得眼冒金星，坐了好久才回过神来。他从洋芋地里捡了一块土坷垃，朝傻大头狠狠地掷去。只听"啪"的一声，傻大头捂着后脑勺儿跑了。他们三人像野兔似的，在洋芋地里逃得真快，一翻过小河沟就不见人影了。

小木七不知道傻大头为什么会帮助拉坡，也许是他经常到拉坡家混饭吃，把拉坡当兄弟了。此后没多久，傻大头在山上抢走了姆吉奶奶的一堆柴火，这冤家算是实实在在地结上了。

姆吉奶奶跟小木七说，我们不要跟傻大头结仇。但是，一个人想不想跟人结仇，不是自己可以决定的。姆吉奶奶和小木七处处忍让，但傻大头却把他们当作好欺负的对象。如果不是山上的村支书刘统时不时警告傻大头，他们还不知道会被欺负多少次呢。

夕阳真美，像一层金色的布衫，轻轻裹住豁口山，裹住阿香织布山，裹住石磨山，令群山莫名地庄严，熠熠生辉。小木七站在弓山上假装看风景，一双眼睛往远处眺望。傻大头站在下方的路口也假装看风景，表面上看起来没有什么不对。

也许傻大头心情好，不想欺负我。小木七想。

小木七在弓山上站了一会儿，看到夕阳一点点从山头上落下去，就准备回家了。本来，他可以绕开傻大头从另一条小路回家的，但为了表示亲近，他故意从傻大头旁边经过。他走向傻大头的时候，傻大头怔怔地望着他，一双眼睛灰扑扑的，没有一点儿光泽。

小木七就要走过傻大头身旁时，傻大头突然故意伸出一只脚来，绊倒了小木七。

傻大头看了一眼倒在草丛里的小木七，用鼻子哼了一声，说："七七，你想惹事？"

小木七从草丛里爬起来说："什么叫我想惹事？明明是你用脚绊倒了我。"

"谁看见我绊倒你了？"

"夕阳看见了，山风看见了，群山看见了，路过的飞鸟也看见了。"小木七气鼓鼓地说。

傻大头就是找碴儿的，呵呵一笑："它们看见了又怎样？它们能为你做证吗？"

"需要做证吗？"小木七生气地说。

"也不需要。"

小木七知道一场打架在所难免，虽然他不是傻大头的对手，但也不能让自己太吃亏。他左看右看，想寻找一件称手的武器。前后左右除了茂盛的杂草和矮小的树丛，没有什么东西可以当作武器。傻大头倒是不慌不忙，站在一旁静静地观察小木七的举动，等待小木七的进攻。

"总有一天我会把你打残的。"小木七威胁说。

傻大头愣了一下："你一个没有父母的孩子，不会有那一天的。"

"我的父母在大城市里打工。"

"他们给你寄钱了吗？"

"寄不寄钱不重要，重要的是他们在城市里。"

"他们在城市里又咋样？我欺负你的时候，他们还不是帮不了忙。"

"可是我在一天天长大,而你却在一天天老去。"

"你等不到那一天了。"

"为啥?"

"因为今天我就会把你打残。"

像傻大头这样的人,没有父母也没有妻儿,过一天算一天,活到哪天算哪天,如果真被他打残了,那只能自认倒霉。如果山下派出所的民警把他抓去坐牢了,他反而找到一个可以吃饭的地方了。这是姆吉奶奶跟小木七说的。小木七相信姆吉奶奶说的话,但也不想让傻大头为所欲为,必须让他吃点儿苦头。

刘二虎跟小木七讲过,如果想打败对手,就要找到对手最脆弱的地方。小木七仔细观察了一下傻大头,他上身穿着旧棉衣,下身是一条粗布做成的破旧的短裤,只要出手快,就可以控制住他。为了靠近他,小木七故意让他放松了警惕。

小木七说:"其实我们可以做朋友的。"

"我才不跟你做朋友。"

"为什么呀?"

"你家自己都吃不饱饭,哪有什么食物给我吃?"

"只要你饿了,能吃的东西总会有的。"

"我才不吃你家那些乱七八糟的东西呢。"

傻大头空有大头,没有脑子。他深思了一会儿,正准备跟小木七说凉山上谁家有好吃的东西时,小木七就上前一下子咬住了傻大头的大腿。

小木七一边使劲咬一边狠狠地说:"你以后还欺负我和奶奶不?"

傻大头没有想到小木七来这一手,一下子弯下腰来想推开小木七,但已经来不及了。他像一摊烂泥蹲坐在地上,一边喘气一边求饶:"七七,我们是好朋友,你不能对我下这样的黑手。"

"快回答我刚才的话!"小木七身上的披毡落到了地上,没来得及穿上。

傻大头疼得龇牙咧嘴:"好!好!好!我答应你就是。"

小木七想了一下,万一傻大头反悔了咋办?于是,小木七又说道:"你要向天发誓。"

傻大头不知道什么是发誓,小木七只好跟他说发誓就是许诺。

傻大头想了一会儿,说:"我发誓以后再也不欺负姆吉奶奶和木七了。"

"你还得赌咒。"小木七说。

傻大头傻头傻脑地说:"赌咒是什么东西?"

"若违背诺言就遭受天打五雷轰。"

…………

第一次走出弓山走进阿洛森林,第一次制服傻大头,在景色迷人的弓山上,小木七应该十分快乐。但是,他没有感到快乐。

小木七想,如果父母在身边,他们知道我长大了,可以保护奶奶和自己了,才是真的快乐。

凉山上像傻大头这样的人可恶,但也可怜。

凉山上除了傻大头,还有很多多余的人。他们半傻不傻的,而且都有一个共同点,就是他们都没有父母或者父母都不在身边。如果按照这样的思维模式,小木七长大了会不会成为另一个傻大头?他放开傻大头,在傻大头走后静静地想。

如果一个人好不容易长大,到头来却成为多余的人的话,那跟死了是没有什么区别的。可是,一个人多久死去也不是自己能做主的。所以,这样一些多余的人,除了无奈地活着,也许也没有其他选择吧。小木七呆呆地想。

2

索玛花在坡上怒放,阳光在坡上照耀,溪流在沟里流淌,饱食丰茂青草的牛羊在山野上撒欢儿,那些背柴的人、砍竹的人、挖草药的人、寻野菜的人，一大早就拿着镰刀与绳子出门了。

这个季节特别值得一提的是，山林里随处可见的鹿耳韭一大片一大片长出来了，绿油油的，拿上镰刀割一袋烟的工夫就可以装上一大筐背回家。鹿耳韭枝叶茂盛，根茎粗壮，过去在饥荒年代，它是凉山人民的救命粮。饥荒年代过去后，凉山人民不再像以前一样饥饿，但到了这个季节还是会拿着绳子上山去割鹿耳韭。在石磨山、织布山、豁口山等密林深处，随处都可以看见割鹿耳韭的人。

姆吉奶奶种完瓦果山埂下的三块洋芋地，就拿着一根长长的麻绳和一把生锈的镰刀出发了。她没有跟小木七说自己去割鹿耳韭，主要害怕他跟着去，不仅帮不上忙，还碍手碍脚的。

姆吉奶奶离开家的时候，给了小木七一块荞粑和三个洋芋，就当晌午饭了。

小木七本想到山林里去玩，但知道姆吉奶奶不会同意，所以没有请求她。再说，小木七已经去过阿洛森林了，对森林的好奇没有那么强烈了。

小木七把晌午饭塞进黑色的小布袋里，把布袋套在脖子上，姆吉奶奶走后他就出门了。

小木七离开瓦果山破旧的茅草房，走到山埂下方一块巨大的石头边。据说,这是一块神灵保佑的石头,凉山上的老人生病了,或者小孩子感冒了,只要拿一点儿肉和酒祭供它,生病的人就马上好了。去年这个季节,小木七的肚子疼得厉害,姆吉奶奶就是这样做的。小木七家没有肉,姆吉奶奶就用一小块布料蘸了一点儿猪油,把布料放在火炭上烧出滚滚浓烟来祭供它。也许真显了灵,小木七疼了一天的肚子一袋烟工夫后就好了。

小木七站在大石头下,想象石头是一个人,内心里想说一点儿感恩的话,但话到嘴边又咽下去了。

顺着石头往下望,一条山路蜿蜒而下,仿佛是一条蛇,又不是一条蛇。山路的一头连着凉山,一头连着山下的小镇。

小木七没有去过小镇,不知道小镇的模样。

姆吉奶奶一遍遍地跟小木七说,不要到山下的小镇去,那是一个会让人迷失的地方。她说这话的理由是,小木七的父亲杨洪邦和母亲李阿洛就是因为时常下山才离开凉山,走到大城市后不回来的。

小木七没有害怕山下的小镇,反而产生了巨大的好奇。小木七想,刘二虎和卢八美跟我年龄差不多,但都去过山下的小镇。凉山上可恶的傻大头,那个不久前刚刚被我收拾过的人,似乎也去过山下的小镇。如果父母是去了小镇才迷失自己的,那我就应该去寻找他们。如果找不到他们,长大后我就会变成凉山上另一个傻大头的。想到这些,小木七没穿鞋子的小脚丫不由自主地往山下移动。开始时他还有点儿犹豫不决,但是当他走到山路的一头,下山的念头就坚定下来了。

这天,凉山上空空荡荡,找不见一个人,只有一些黑不溜秋的茅草房倚靠在山垭下。

太阳就像一只大眼睛,不管小木七走到哪里都跟着他,仿佛担心他走丢似的。

小木七离开瓦果山垭一里地后,蜿蜒曲折的山路就穿梭到另一条山垭下去了。他家的茅草房被阻隔在另一边,已经看不到熟悉的山坡与树林了。他的一颗心"咯噔"一下,有一种莫名的恐惧闪过大脑。他没有驻足思考,继续往山下走。

山路与山垭交织,翻过一条山垭,前方还是山垭。

往后看已翻越了无数条山垭,往前看还有无数条山垭。

小木七就这样爬坡下坎,在太阳的护送下一步步靠近山下的小镇。

他走到一条大山沟,沟里流淌着白花花的溪水,水流缓慢,水面宽阔,只能蹚水过河。

凉山上有一条河叫紫儿河,流经弓山下一块大石头边,凉山上一大半的山民都从那里取水做饭。夏天里,凉山上的人用锄头、石头、泥巴与草木等修起一个水池,那些无所事

山路与山埂交织，翻过一条山埂，前方还是山埂。

　　往后看已翻越了无数条山埂，往前看还有无数条山埂。

　　小木七就这样爬坡下坎，在太阳的护送下一步步靠近山下的小镇。

事的孩子就在那里游泳。小木七、刘二虎、卢八美等小朋友是紫儿河的常客,只要吃了晌午饭就在河边横躺竖躺,要么抓石子,要么讲故事,天气太热就跳进水里凉快凉快。

小木七在紫儿河里学会了游水,所以不怕蹚水过河。为了不让披毡沾水,小木七直接把披毡脱下来折叠好放在头顶,用自己的小脚丫在水面上试探了一下,就开始蹚水。河水清澈,可以看到水下面的石块。他顶着披毡蹚水到河中央的时候,河水就已经到他的腰部了。他担心再往前走水会更深,就一步步退了回来。

难道我就这样被阻挡在山里了?小木七想。

小木七退到岸边后,找了三块石头分别投到三处河面上,发现河水并没有想象的那么深。于是,他再次顶着披毡过河,没一会儿就来到了河对岸。

"坐在石头上晒会儿太阳再走吧!"小木七自言自语。

他的一大半身体被河水弄湿了,感觉有点儿冷。爬坡下坎两个多小时,他已经饿了。他取下挂在脖子上的布袋,取出一块荞粑吃了起来。

这时,河水下方的山路上走来一个十一二岁的男孩,看到小木七一个人坐在石头上就前来挑衅。他穿着一件白色的上衣,头上戴着一顶草绿色的帽子,一双眼睛盯着小木七观察很久后,一点点靠近过来:"小子,你要去哪儿?"

小木七不认识他,所以没说话。他见小木七不说话,便得寸进尺,又说道:"小子,你要去哪儿?我问你说话呢。"

这次,可真把小木七惹火了!他把荞粑放进布袋里,站起来说:"我要去哪儿关你什么事?"

"呵!你小子嘴巴还挺凶啊!快说,你要去哪儿?"

"我要去哪儿关你什么事?我为什么要告诉你?靠一边去!"小木七恶狠狠地说道。

那个男孩的个子比小木七高,身体也很壮实。"好小子,嘴巴还挺凶!你皮子骨头紧了是不是?"他向小木七亮出拳头威胁道,"你再说一句,我揍扁了你!"

"我让你靠一边去!"小木七又重复道。他想,这个人本身就是来找碴儿的,对他再示弱也是枉然。再说,小木七除了有点儿怕姆吉奶奶外,压根儿就很少向什么人低三下四过。

只听"咚"的一声,男孩对着小木七的胸口就是一拳:"你再说一句,我揍扁了你!"

小木七观察了一下男孩,如果单靠身体,自己肯定不是他的对手。小木七扫了一眼周围,也没有找到可以帮他打架的人。于是,他跑到山路边去捡石头。那个男孩打了小木七一拳,见小木七跑到路边去了,以为是怕了他了,所以没有跟着追来。

"我让你挑衅我！我让你再问我去哪儿！"小木七在路边捡到三块小石头后，迅速回到河边，趁男孩不注意的当儿朝他身上狠狠地掷了一块小石头。

"你干啥？你敢用石头打我！"男孩挨了一块石头，边往后退边大喊。

"我咋个不敢打你？你以为你是猛虎、神仙吗？"小木七又甩出一块石头，重重地打在了他的后背上。

"你再打，我就揍扁了你！"男孩可能是被打痛了，一转身就向小木七扑来。他似乎也不顾小木七手上还有一块石头了。

小木七由于紧张，甩出的第三块石头不要说往男孩的身上打了，连他的衣服边儿也没沾一下就飞到后面的草丛里去了。

唉，真是倒霉！男孩一扑上来就把小木七按在地上，拳打脚踢，不仅把小木七的布袋打丢了，还把小木七的一只长指甲打断了。当时幸亏有一位陌生人路过，飞快跑来把他们拉开了，否则小木七肯定会吃大亏。

太阳在天上不急不躁，河沟里的水清澈静默。

小木七坐在河边伤心了一阵，捡起自己的旧披毡往小镇走。从河沟到小镇看起来很近，走起来却用了一个半小时。就要到小镇的时候，路过一片小村庄，小木七不知道村庄的名字,但知道整个村庄就三户人家。糟糕的是,这三户人家有九条狗,正在山路旁边的一条土埂上晒太阳。

小木七小心翼翼地走过去,以为这些狗不会咬他,哪知道它们一个比一个凶恶。小木七手上没有打狗棒,也没有可以吓唬狗的石头。当九条狗前赴后继向他攻击时,小木七只得用身上的旧披毡保护自己。与狗搏斗了半个小时,他身上的披毡被狗咬出了几个大洞。他从小路退到一个柴堆上,正不知道该怎么下来时,一位从小镇集市回来的妇人救了他。

想不到出门是一件危险的事。他想。

小木七从柴堆上下来后,就顺势拿了一根木头当作拐杖,一来可以拄着走路,二来可以当作武器保护自己。他走到小镇集市上时,太阳已经偏西了。小镇集市上开着三个小卖部,里面摆满了五颜六色的糖果与各式各样的饼干,还有各种颜色的饮料和美酒。小木七身上一分钱也没有,在小卖部前面的台阶上眼巴巴望了很久,咽了很多口水。

凉山镇与凉山有关,又与凉山无关。来这里赶集的人,除了凉山上的人,大部分是凉山之外的人。小木七在集市上转了大约一个小时后,太阳就走到西边的山头了。集市上的人越来越少,除了住在镇上的人,其他人都一个接一个地回家去了。小木七在集市下方一处卖甘蔗的小门市前站了一会儿,就头也不回地走了。

他没有走回凉山上，而是沿着反方向的山路走了。

那时的凉山镇还没有通公路，只有一条比山路宽一点儿的马路。小木七沿着马路一直走，心里想着寻找父母，却又不知道父母在哪里。

他想，只要往山外走，总会找到那个叫杨洪邦的男人和叫李阿洛的女人的。这么久没有见面，他们肯定认不出自己的儿子了。

他离开凉山镇走出两公里地后，凉山镇就消失在山坳里了。站在凉山上，凉山镇就在山下。离开凉山镇，发现它只是在山坳里，而不是在山脚下。小木七一路走一路想，想着想着就想起一个故事。

这个故事是村支书刘统讲的，当时小木七身旁还有刘二虎和卢八美。刘统书记因为长得牛高马大，所以乡亲们都亲切地称他为"牛头书记"。他这样讲道："远古的时候，雪子施纳一代，施纳子哈二代，子哈第以三代，第以苏涅四代，苏涅阿署五代，阿署阿俄六代，阿俄石尔七代，石尔俄特八代。石尔俄特啊，不知人类有父亲，要去买个父亲来，要去找个父亲来……"

小木七想，那是一个没有婚嫁的年代，人类不是没有父亲，而是不知道父亲是谁。故事中的施色真是个聪明的女子，让人类懂得了嫁娶，才实现生子见父。

可是,像我这样的孩子,不仅没有见过自己的父亲,连母亲也没有见过。当然,实际上我应该见过父母,只是那时候自己还太小,根本没有记忆。小木七想。

那些年,凉山上随处可见留守儿童,但"留守儿童"这个名词还没有出来。

人类历史上有石尔俄特寻找父亲,几千年后有小木七寻找父母。

小木七与石尔俄特之间的不同之处在于,小木七孤身一人,身上就裹了一件披毡,而石尔俄特赶着骏马,驮着金银珠宝,路上风光无限。

第三章

另一个世界

1

人生是滑稽的。

小木七没有想过有一天会回到故乡，除非找到父母。在后来的很多个日子里，他常会想起那个有月光的夜晚。一大片一大片的月光，有时像一件白色的羊毛毡，有时像一匹丝绸，就在他面前灵动地铺展开，他走到哪里，月亮就跟到哪里，月光就照到哪里。

这么一个月光白得不像样的夜晚，似乎有些不合时宜。他心里面装着一个故事，一直往远方走，走得月亮落下山脊。天色微亮时，他来到一个小城镇。他不知道那是什么镇，但知道镇里可以找到吃的、喝的。他在小镇土街上走了几十米，看到了一个早餐店，有一个老板模样的人正在生火。

"大叔，从这里走出去，最远可以到哪里？"小木七走上前去，畏畏缩缩地问。

那是一个穿着黑大衣的店老板，他听到小木七的声音，就把身子转过来，用怀疑的眼神看了看小木七："孩子，这么早啊，你要远行吗？从这里走出去可以到县城，可以到小城市,也可以到大城市。"

"可以到哪座大城市?"

"北京。"

"还有呢?"

"成都。对了,重庆也可以。"

小木七想了想,说:"去成都吧!"

"为什么想去成都?"

"没有为什么。"

小木七身上没有一分钱,最值钱的就是手腕上戴着的银镯子。他把镯子取下来,拿给店老板看了看,说:"大叔,我想用这个镯子跟您换些路费,您看这个镯子值多少钱?"

"纯银的吗?我看看。"

在微亮的天色里,店老板仔仔细细地看了看。他用手指摩挲了一下镯子表面,说:"值两百块钱吧。"

"至少四百块。"

"最多给你三百块。"

"那就三百块吧!"

小木七把手腕上的银镯子卖给了早餐店老板,在店里吃了一碗面条,然后天就亮了。在土街的一个角落里,有一辆大客车,他不知道是不是去成都的,但还是义无反顾地上了车,与一帮陌生人一起往遥远的地方去了。

大客车摇摇晃晃，驶出小镇没多久，中途上来一个三十岁左右的男人，直接坐在了小木七旁边的座位上："小伙子，你是一个人吗？"

小木七瞟了一眼旁边的男人，点了点头，没有说话。

"我也是一个人，"男人看到小木七没有说话，就自我介绍，"我是安洛镇人，我叫张楚。你叫我张大哥就行。"

小木七用怀疑的眼光看了一眼这个叫张楚的男人，心想，无事献殷勤，非奸即盗。想归想，小木七并没有拒绝张楚的殷勤，还是介绍了自己："我叫杨木七。"

"啊！杨木七，多好听的名字！"张楚从自己的上衣口袋里摸出一盒香烟，掏出一根烟递到小木七面前，"你是准备到宜宾去打工挣钱吗？我也准备到宜宾去打工挣钱。我们一路走吧，在工地上可以互相照顾。"

"啊？打工？"小木七只想到远方去寻找父母，没有想过在远方做点儿什么。所以，他一时间没反应过来。

"对，打工。你到遥远的城市去，不是为了打工挣钱，那是为了什么呢？"

"我没有为了什么。"

"你肯定为了什么。"

小木七吞吞吐吐地说："那……那就为了什么吧！"

小木七没有接张楚递过来的香烟，摆摆手表示自己不抽烟。张楚就把香烟收回叼在嘴上，掏出一盒火柴把香烟点燃，深吸了两口，说："杨木七，我们坐客车坐在一起，算是有缘人，以后你就跟着我一起赚大钱吧！"

"你带我赚大钱？"

张楚点了点头，说："我看你挺机灵的，不出两三年肯定会赚到很多钱的。"

小木七笑了一下，有些勉强："真的吗？"

"当然是真的。"

张楚说小木七机灵，其实小木七一点儿都不机灵。他看了张楚好一会儿才说："如果像我这样的小孩子都能赚大钱，那天底下就没有不能赚大钱的了！"

话虽这样说，小木七心里还是暖暖的，仿佛真赚了大钱似的。他仔细观察了一下张楚，这个人除了过于热情，也看不出有什么不好的地方。小木七不知道自己要不要去宜宾，但知道这趟客车应该是去宜宾。张楚一边吸着香烟一边望着车窗外。

窗外，一座座山丘与一道道山坡仿佛长了翅膀，"呼啦"一下就跑到后面很远的地方去了。小木七不知道客车一天能跑多远，只知道自己一天能走大约二十里路。他在客车里坐着，不一会儿就昏昏欲睡了。

过了一会儿，张楚摇醒了小木七说："看！那就是金沙江。"

小木七顺着张楚的手看到一条金黄色的大江，在崇山峻岭间奔流。

"这么一条江会有多长呢？"小木七不假思索地问。

张楚一张瘦长的脸舒展一下，说："我也不知道它有多长，总之很长很长。"

小木七在车上睡了一下，人精神多了。他看了一眼张楚说："宜宾是一个什么样的地方？"

"好地方。"

"有多好？"

"可以说很好很好。"

"不会是天上掉馅饼的地方吧？"

"就是那种地方。"

小木七笑了起来："看你一本正经的，为什么说不正经的话呢？"

"我没有说不正经的话，"张楚掐灭了香烟，"我每年到宜宾做生意不少于十次，宜宾的每一棵树、每一块石头我都熟悉。如果宜宾不是天上掉馅饼的地方，我会一次次往宜宾跑？"

小木七想了想，好像也是。如果宜宾没有吸引人的地方，张楚没必要一次次地往宜宾跑。他不知道张楚靠什么发财，但知道像张楚这样的人，在凉山算不上好人。

天上下着细雨,小木七从大客车上下来。

张楚紧跟在小木七身后,问小木七愿不愿意跟着他去赚大钱。小木七以方便为名,在一个拐弯处摆脱了他。

小木七一直往前走。他不知道自己走到了哪里,也不知道自己要去哪里。

当天色一点点黑下来,雨渐渐停了,小木七全身已经湿透了。他走在夜色中,肚子正在召唤食物。前方有一个小饭店,他走到那里吃了一碗没有汤汤水水的面。后来才知道,他吃的那碗面叫宜宾燃面,还是当地一道名小吃哩。

小木七一直往前走,不知不觉就走到一条比金沙江还大的江,不远处坐了一位钓鱼的人。

小木七轻轻地走了过去。

"这海里有鱼吗?"他小声地问,仿佛在问钓鱼的人,也仿佛在问自己。

那是一位老人,身上穿着一件白色的短袖上衣和一条黑色的短裤,脚上穿着一双灰色的凉鞋。在灯光的掩映下,他的一双眼睛奇奇怪怪的,盯着小木七看了很久,说:"这不是海。"

"这不是海,那是什么?"小木七漫不经心地问。

江风吹了过来,吹在身上无比舒爽。钓鱼的老人用一个支架把鱼竿支撑住,转过身来对着小木七说:"这里是三江汇合处。孩子，你是第一次到这里来吗？"

小木七对老人说："是的，我是第一次来。您一晚上能钓到几条鱼？"

"不知道。"老人神秘一笑。

"为什么不知道？"

"我只知道，到现在我一条鱼也没有钓到。"

"如果您一连几天一条鱼也钓不到，心里会不会空落落的？"

"应该会。"

"可您不会放弃钓鱼。"

老人点了点头，说："孩子，你是一个人跑出来的吧？如果你没有去处，可以到我那里去歇歇。"

小木七想，我为什么要跟着一个老人去他家住？他把身上仅剩的一百五十块钱摸出来在老人面前晃了晃："谢谢您的好意，我可以住店的。"

老人不再坚持，转过身去钓自己的鱼。

小木七顺着江边的小路走，周围是晚饭后出来散步的人。他们从小木七身边走过，有时会看他一眼，有时就急匆匆地走过去。灯火越来越明亮，一团团不规则的灯火倒映在水里，形成了真实世界之外的另一个美丽的世界。小木七看到一座座高大的房子在江水里走来走去，内心感到很惊奇。

幽暗的天边，一轮洁白无瑕的月亮升上来了。

看到月亮，小木七想起一首情歌。然后，他笑了起来。一个八岁多的孩子，怎么就想到一首情歌了呢？月亮的清辉散落在江水里，荡漾在不平静的灵魂里，整个世界都变得清冷了。

小木七一路走一路想，月亮越升越高，月光越来越明亮，把三江汇合处沿岸照得如同白昼。

这样的环境，如果一个人走在异地他乡，是很容易想家的。小木七应该很想家的，但他就是不想家。如果一个人的家令人看不到一点儿希望，那么有这样一个家还不如没有。

2

就这样，小木七糊里糊涂地来到了宜宾。

开始时他身上有钱，仿佛是一位富翁。可是没过几天，他就身无分文了。他时常露宿街头，只要找到一个可以遮风挡雨的地方，就是最好的归宿。他一直想找一个可以混口饭吃的地方，可找了几天都没找到。

一天,小木七正在路上漫无目的地走着,忽然遇到一位小男孩。

"哥哥,我找不到回家的路了。"小男孩可怜兮兮的,脸上满是泪痕。

小木七用手掌擦干了小男孩脸上的眼泪,说:"你怎么迷路的,小朋友?"

"我想念外公,就从家里出来了,走着走着就找不到回家的路了。"

"你家周围有什么?"

"好像有一个大公园。"

"还有什么?"

"还有很多吃的、喝的、玩的。"

"我想,我大概知道你家在哪里了。"

在宜宾待了这几天后,宜宾城的每一个角落、每一条小街、每一个小区,小木七几乎都知道了。他带上小男孩找到宜宾公园。公园里静悄悄的,一个人也没有,只有深夜的虫子在轻轻歌唱,这里一阵那里一阵的。

小男孩叫阿虎,才四岁,只知道自己家前面有一个大公园,不知道自己家在哪个小区。他们在公园附近找了整整两圈,就是没有找到阿虎家。

难道他家前面的大公园不是宜宾公园?小木七想。

阿虎跟着小木七绕着公园走了两圈,走累了,内心里满是绝望。他紧紧地拉着小木七的手,一边跟着寻找一边哭起来:"哥哥,我们是不是找不到回家的路了?"

　　"只要有路总会找到的。"小木七说。

　　他们一路走,正准备找一个地方安顿下来的时候,一大群人迎面走来了。

　　"阿虎!阿虎!"那群人在月光普照的街上一边走一边喊。

　　阿虎一听到喊声就"哇"的一声哭了起来。

　　前方走来的人听到哭声就加快脚步往这边赶来了。那群人来到小木七面前,一位年轻的女子弯腰抱起阿虎,也"哇"的一声哭起来。

　　人群里有男有女,在玉盘似的月亮下,他们只顾围着阿虎,把一旁的小木七忘得一干二净。小木七想,反正阿虎已经找到家了,我可以走了。他正要转身走开,站在人群外的老爷爷发现了他。老爷爷一开始没有什么反应。忽然,他似乎想到了什么,一下子气呼呼地冲过来。

　　"你这个野孩子!"老爷爷一下子抓住了小木七的脖子。

　　小木七的确是野孩子,实实在在的。

　　小木七一边用手护着脖子一边含混不清地说:"您……您掐我干吗?"

一群人转过身来。他们在老爷爷的举动中好像忽然意识到了什么，一下子把小木七围在了中间，仿佛害怕小木七会变成一只小鸟飞走似的。

年轻的女子把阿虎交给一个男的，二话不说就甩了小木七一个耳光："你这个野孩子，想拐走我家宝贝是不是？"

"我没有拐走阿虎！"小木七大声地喊。

当小木七这样叫喊时，阿虎就从抱着他的男人的怀里挣脱下来。他小小的两只手使劲拉住年轻的女子："阿妈！爷爷！你们搞错了，这个哥哥是送我回来的。"

"什么？是他送你回来的？"老爷爷松开了手。

阿虎叽叽喳喳地说："你们搞错了。我迷路走到一条大江边去了，找不到回家的路，遇到这个好心的哥哥把我带到这里来了。"

"哎呀，原来你是个好孩子啊！误会了！误会了！"女子弯下腰来，摸了一下小木七污脏的脸，"半夜三更的，你把我家宝贝送回来，应该很饿了吧？快到我们家里去吃点儿好吃的吧。"

经这么一折腾，小木七哪有什么心情吃好吃的？他没有点头也没有摇头，就那么傻愣愣地站在那里。之前抓小木七脖子的那个老爷爷一边拉着小木七的手，一边摸着小木七的头往小区走。

阿虎的父亲叫袁华,在城里做水果批发生意。阿虎的母亲叫何小美,在城里做服装生意。他们一家人把小木七当作阿虎的救命恩人,给小木七买了两套衣服、两双鞋子,还把小木七带到理发店里理了发。小木七一下子变成了城里人。

由于小木七还没找到父母,还不想回家,所以当阿虎的父母问他的家在哪里时,他说他没有家。于是,阿虎的父母便暂时收留了小木七。

小木七本可以在阿虎父亲开的水果店里帮忙的,但阿虎家觉得水果店里事情多,大部分又是体力活儿,不适合一个八岁多的孩子做。他们家有一个姑妈在宜宾城青龙街开了一家叫丰衣足食的餐厅,正好需要一个能端茶倒水、擦桌子扫地的干杂活儿的人。

于是,何小美带着小木七来到丰衣足食餐厅。

"袁娇姐,我给你带来一个小帮手。"

餐厅的老板叫袁娇,是阿虎父亲的大伯家的女儿。她谈不上漂亮,但有一双透着善良的眼睛。

"莫非他就是送阿虎回家的那个小男孩?"袁娇穿着一身宽松的衣服,腰间系着一张浅蓝色的围腰,一边擦手一边走出来。

小木七有些不好意思,脸上红一阵白一阵的。

她微笑着说:"这孩子一看就诚实、善良。我家餐厅正好需要人帮忙,你就留在这里好了。我这里包吃包住,一个月还可以给你一百三十块钱。"

何小美拉着小木七往里面走,高高兴兴地说:"太好了!我还担心你家餐厅不缺人手呢。"

餐厅叫丰衣足食,听起来规模不小,其实很小。说是餐厅,其实就是个小饭馆。小木七跟着袁娇和何小美一进门就可以看到整个餐厅。

何小美把小木七托付给袁娇后就回去了。小木七坐在一张木板凳上,不知道说什么好。

袁娇先问小木七吃饭没有,看到小木七点头就把他带到了隔壁的一个小房间里。

"这是你的卧室。"她掏出一把金黄色的钥匙递给小木七。

小木七接过钥匙,心里很高兴。他想,自己在宜宾城流浪了好几天了,这下终于能有个安身的地方了。

几天后的一天,张楚从青龙街走来,身后跟着三个十三四岁的少年。

他们坐到最后面的一张桌子旁。小木七走过去,手上拿着一张菜单。小木七把菜单递给他们说:"你们想吃什么,可以按菜单上的随意点。"

张楚看了小木七一眼，说："真的可以随意点？"

小木七点了点头："是的。"

小木七说完话，刚要去擦桌子，张楚就把他拉住了。

张楚仔细地看了看小木七，说："你是杨木七？"小木七把张楚忘记了，但张楚没有忘记他。小木七转过身来看着张楚，想了很久也没有想起他是谁。张楚说："你这臭小子，几天前我们是一起坐客车来宜宾的。你还说要跟着我一起发财哩！"

小木七心里一阵颤抖。他虽然不知道张楚是做什么的，但知道自己不会跟着张楚去发财。

张楚伸出手一把拉住他，叫他在旁边坐下。张楚仔细观察了小木七的神态，说："木七兄弟，你要知道一个人在外闯荡是多么不易。一个好汉三个帮，如果没有一个贴心的朋友，一辈子也不会有出头之日。你是一个聪明的兄弟，我知道你心里在想什么。我是做正经生意的人，看到了吧，坐在我身边的这三位兄弟，也都是做正经生意的。你别看他们年纪不大，做过的生意可不少哩。"

餐厅里没有其他客人，小木七便在张楚旁边坐了下来。他一边坐下一边想，难道是我看错人了？如果一个人的好心被误会了，那真是一件无比糟糕的事。

"也许是因为我没有出过门……"小木七说。

张楚笑了，一张还算俊俏的脸上露出两个酒窝。小木七想，如果他不是坏人，那就是一个好心的大哥。他看了小木七两眼，拍了一下小木七的肩膀，说："你先拿几瓶啤酒过来，再炒一份青椒肉丝。"

"你们还喝酒？"小木七愣了一下问道。

"吃饭之前喝点儿。"张楚咽了一下唾沫，看了看四周，"我看餐厅里也没有其他客人，你也跟着我们一起吃点儿吧！"

小木七心里不情愿，但还是说："那好吧，我先去给你们拿几瓶啤酒来。"

小木七先拿了几瓶啤酒放在饭桌上，然后告诉厨师大叔炒一份青椒肉丝、一份回锅肉，再做一盆青菜汤。小木七想，如果张楚不是坏人，那就应该把他当作朋友。既然是朋友，那他就应该拿出朋友的情义来招待，张楚好不容易找到他，这顿饭他来请客也是应该的。

可是，错就错在小木七请了张楚和他的三个小兄弟吃了这顿饭。

那天他们吃得很晚，半夜三更了还在吃。张楚他们四人喝得醉醺醺的，对着小木七一口一个兄弟地叫着，似乎比亲兄弟还亲。袁娇看到张楚和小木七是熟人，就先回去休息了。厨师姓吴，五十来岁，他们不叫他吴师傅，而是叫他厨师吴。他看到张楚和小木七很亲热，以为是老乡，也先回去了。

"兄弟，你也喝一点儿吧！别担心，一会儿我把酒钱和饭钱一起给你。"张楚醉眼蒙眬，一边转过身看着小木七一边结结巴巴地说道。

小木七没有喝过酒，所以摇了摇头。他走进厨房拿了一个杯子，给自己倒了一杯水，说道："四位大哥，今天这顿饭我请你们。今后我们就是朋友了。"

一听到饭由小木七请客，张楚一下子站起来说："好兄弟，我就知道你讲义气。"他一边说一边喝干了杯里的啤酒。

"我们一起唱歌吧！"小木七想了想，然后提议道。

张楚和三个少年点了点头，一起清了清嗓子，然后就像坐在自己家里一样放开嗓子唱歌。

第二天早上，小木七醒了，还是坐在餐桌边，一睁开眼睛，就看到餐厅里摩肩接踵地站了一大堆人。他以为是客人，一骨碌站起来正准备去招呼，袁娇就向他走过来了。

"你的四位兄弟呢？"她走到小木七面前问道。

小木七揉搓了一下眼睛说："可能昨晚就走了吧。"

"你真认识他们吗？"袁娇说话的语气怪怪的，似乎有什么事发生了。

小木七想了一阵，回答道："算半个认识吧。"

"什么叫半个认识？"

小木七回答道:"就是不是很熟悉的那种认识。"他在等着袁娇下面的话。可是,袁娇没有下面的话,一群群进来的人倒是一个个向他走过来,用鄙视的眼神看着他。

我到底怎么了?小木七想。

小木七仔细观察了一下周围,发现餐厅空荡荡的,除了他趴着睡觉的那张桌子,其他的一切都不见了。

难道张楚他们把餐厅盗了?他想。像张楚这样的人,做了这等偷盗的事,那是很有可能的。

小木七正不知道说什么,厨师吴就进来了。他站在小木七面前看了很久,然后转过身对袁娇说:"警察马上就来了,一会儿就把他交给警察吧!"

袁娇站在小木七身边,脸上满是纠结与不安。她看着小木七想了很久,说:"他是何小美带来的,是阿虎的恩人。我看他一脸蒙的,才八岁多,肯定是被那帮坏人利用了。"

"估计他们就是一伙的。"站着的人你一句我一句地说,"最近有一伙偷盗的,就是先派一个人去摸底,然后再偷盗。这样的事宜宾城发生很多起了,我们还是小心为妙。"

厨师吴伸出一只手抓住小木七的右臂,用力捏了一下说:"我看你就是前来摸底的。你来餐厅帮忙有几天了,从来不说自己的父母亲人,也不说自己是从哪里来的。你来到餐厅的第一天,我就知道你心里藏了很多秘密,可能连你的年龄都是假的。"

"我相信自己的直觉,"袁娇打断了厨师吴的话,叫厨师吴放开小木七,"我相信他是一个好孩子,就让他走吧。"

小木七傻了,不知道该怎样回答袁娇。

小木七扒开围观的人群,走了出去。他心里只有一个想法——必须尽快找到张楚和那三个少年。

"我敢保证这孩子不是什么好人!"

"合伙偷盗餐厅还装无辜,小小年纪不去做演员真是可惜了!"

"看模样就是当小偷的!"

小木七没有理会身后那些人的闲言碎语,走出了青龙街,走过了白玉巷。他一个小孩子,就算找遍宜宾城,也不一定能找到张楚和那三个少年。他知道自己可能找不到张楚等人,但也不甘心放弃寻找。

月亮是一个好伙伴,走着走着,它就在小木七的头顶升起来了。这样一个夜晚,月亮是残缺的、凄冷的、孤独无助的。小木七找不到张楚等人——就算找到了,他们也不会承认自己是偷盗者。既然这样,那他还不如离开。

小木七没有方向也没有目的地走着。也许,他会死在路上。一个人终归是要死的。他这样一想,心里释然了很多。

后来,月亮被小木七甩在了身后。

3

小木七用口袋里仅剩的一些钱买了点儿吃的喝的,然后买了一张去往成都的大巴车的车票。他想,父亲杨洪邦和母亲李阿洛到山外去打工,一定是去大城市了,而离凉山最近的大城市应该就是成都了。所以,他想去成都找找看,如果真能找到父母的话,那他就再也不是别人口中的"野孩子"了。

就这样,小木七坐着大巴车来到了成都。

这里有车子、房子、行人,仿佛是一条河流。小木七在街上漫无目的地走着。他来到了一个菜市场,因为看见一群人往里面挤,以为里面有热闹可看。地上落了一根黄瓜,长长的、青青的。他不知道那根黄瓜能不能吃,但还是走过去捡起来擦了擦吃了。吃了一根黄瓜,他精神多了,打量了一下周围的人。

正在这时,一位白发苍苍的老奶奶颤颤巍巍地朝小木七走过来,左手拄着拐杖,右手提着篮子,突然一不小心摔倒了。如果不是命运的安排,小木七不会与这位老奶奶有什么瓜葛。她的拐杖横在身上,菜篮子被压在了身下。她想翻过身站起来,但没有成功。她伸手向路人求助,但没有路人愿意帮忙。

老奶奶的一张脸皱皱巴巴的，没有埋怨，索性就那样躺在了地上，可能是想好好休息一阵再起来。

小木七站在一边，浑浑噩噩的，脑子里一片空白。张楚那件事发生后，他又回想起自己当初送迷路的阿虎回家却差点儿被人打一顿的事。他想不明白，不论是阿虎那件事，还是请张楚等人吃饭那件事，他明明是一片好心，但为什么却会被人误会，会"好心办成了坏事"呢？眼下的情景，他也许应该走过去扶老奶奶一把，但他没有。我为什么要走过去扶她一把呢？他想。我不认识她，她也不认识我。我们不是亲戚，也不是朋友。如果她自己能站起来，那就应该好好站起来；如果她不能站起来，那就躺在地上好了。一个人躺在地上，看着一群人来来往往，高的、矮的、胖的、瘦的，或许也是一件有趣的事，小木七想。

有人拍了一下小木七的肩膀："要不你做做好事，把老人扶起来吧，小伙子？"

做做好事？我为什么要做好事？我之前也做了好事，可是最后为什么却变成了坏事？小木七想不明白，为什么事情会变成这样。他木木地站在一边，什么也没说，什么也没做。

"老奶奶晕过去了！"一个声音传来。

小木七不知道是谁发出的声音，左找右找也没有找到声音的来处。他想，也许老奶奶可以好好地睡一觉了。只是，这样一个喧嚣的菜市场，热浪一团团的，在空气里涌来涌去，并不是一个可以好好睡觉的地方。

一群群的人来了看了，看了走了。那一群群看了走了的人，用充满仇恨的眼神盯着小木七，仿佛小木七做了什么对不起天地良心的事。小木七很纠结，不知道到底该不该上前把老奶奶扶起来。

后来，一辆白色的车子来了，车顶上闪烁着警示灯，响着刺耳的警笛声。

"快点儿把人抬上去！"

一位穿着白大褂的男人从车上下来，后面跟着两位年轻的姑娘，也穿着白大褂，三个人用担架把老奶奶抬进车内，没说什么话，也没问什么人，"哗啦"一下关闭车门，就呼啸着开走了。小木七站在原地，迷迷糊糊的。这就是城市，他想。

太阳白晃晃的，在天上越来越大。小木七东张西望，不知道该往哪里去，也不知道去哪里才能找到父母。成都对他来说是陌生的。在这里，他没有朋友，也没有亲人，仿佛是一片飘零的树叶。

我怎么就来到成都了？小木七愣在原地，发着呆。

车走了，老奶奶走了，小木七还没有走。他不知道自己为什么没有走，仿佛在等人。在越发强烈的阳光下，他在寻找方向。可是,他没有找到方向。

小木七正不知道该往东还是往西,一辆警车就来了。车门"哗啦"一开,车上下来两个人,都穿着警服,问了周围的人几句话,看了几眼小木七,然后就把他带走了。小木七原本想问为什么把他带走,但最终没有问。他想,反正也找不到可以去的地方,如果被带到派出所去,倒也不错,至少有个可以住的地方。

小木七坐着警车来到了派出所。他坐在一条长凳上,安安静静的。他是一个乖巧的孩子,喜欢安静。也许我会被五花大绑吧?他胡思乱想着。

在小木七的认知里,一个被带到派出所的人可能是犯人,犯人就该被五花大绑。只是,他不知道自己为什么会被带到这里来,也不知道自己到底犯了什么罪。

长长的板凳上,小木七一直坐着,闪亮的汗珠一滴滴落下来。他坐在房间里等啊等,等了很久才等来一位年轻漂亮的女警察。

女警察英姿飒爽,一双眼睛明亮有神,拉了一把黑色的椅子坐在小木七前方大约两米处,问道:"你叫什么名字?"

"杨木七。"小木七说。

"你是从哪里来的?"

"凉山。"

"凉山在哪里？"

"在山上。"

女警察看了小木七一眼,说道:"你这么回答,我还是不知道你的家在哪里。"

"扑哧"一声,小木七笑了。他想,你知道我的家在哪里做什么,又不准备到我家去做客。想归想,他还是说:"总有一天你会知道的。"

女警察站起来,斜眼看了看小木七,笑道:"你这样说话就不怕挨打吗？"

小木七还真不怕挨打,他从小就性格倔强,挨打是家常便饭,从来不觉得挨打有什么可怕的。他对女警察说:"不怕。"

"那你怕什么？"

"我怕被赶出去。"

女警察笑了:"这个你放心,你一时间出不去。"

正在这时,一位高高大大的老警察进来了。他来到小木七面前,轻轻一笑:"你想不想出去？"

小木七先点了点头,然后又摇了摇头:"我不想出去。"

"为什么不想出去？"老警察愣了一下,不解地问道。

小木七只能如实相告:"我是一个流浪的孩子。"

"难道你没有家？"

"可以这么说。"

"你至少有什么亲人吧？"

"我也没有亲人。"

"你多大了？"

"八岁多。"

"看来你只能先到少管所去了。"

小木七不知道老警察叫什么名字，但感觉他应该是派出所里的领导。他说话逐字逐句的，举手投足自有一种气派。他对小木七说："你小子差点儿把人家老奶奶推倒摔死。你这么一个小孩子，心思这么坏，推倒了老奶奶也不扶起来，以后长大了真不知道会干出什么坏事哩。"

小木七听了，知道自己又被误会了，本来想跟老警察解释一下，告诉他自己并没有推倒老奶奶，只是碰巧路过。不过小木七转念一想，如果警察知道了实情，放他走，那他今晚又没有住处了。所以，他张了张嘴又闭上了，什么话也没说。

老警察顿了顿，接着说："医院刚打电话来，说老奶奶已经醒过来了。老奶奶的儿子让我们好好教育教育你。"说完，老警察转身走出房间，关上了房门。

既然是少管所，那应该比监狱高级一些吧？小木七想。

小木七又想，他刚到宜宾时，担心找不到去处，最后竟找到了去处。这一次,他在成都街头漫无目的地走,不知道能在哪里落脚,竟然也有了一个临时的住处。想到这里,他不禁有一点儿开心。

后来,小木七就坐在一间小小的房间里,等人来带他去不知道在哪里的青少年管教所。他等啊等,从中午等到天黑,又从天黑等到半夜,除了女警察进来给他送了一个面包和一杯水外,没有其他人来过。

小木七坐在长长的凳子上,汗水一滴接着一滴地往下落。夜深了,如果没有人来把他带走,那就应该给他一个睡觉的地方,小木七想。不过,他的"想"是一厢情愿的"想",影响不了周围的一切。他站起来,在狭小的房间里四处走动,仿佛是一位运筹帷幄的将军。

小木七想着,祈祷着,不知不觉就进入了梦乡。

睡梦里,他一个人走在大街上,还是没有去处,还是在流浪。他手上提着一个蛇皮口袋,一边走路一边捡饮料瓶、纸盒子什么的。他走着捡着,忽然看到了一个黑色的手提包,就在街道边一处脏乱的角落里。

小木七弯下腰,刚捡起那个手提包,就被一个凶神恶煞的中年男人抓住:"你这个小偷,敢偷我的包?"

"不是我偷的,是我捡的!"小木七一边挣脱一边大喊道。

那个中年男人死死抓住小木七："我都看到了，就是你偷的！"

小木七叫天天不应，叫地地不灵，正不知道怎么辩解时，一束耀眼的光照在了他的眼睛上，他想睁开却怎么也睁不开……

小木七从噩梦中醒来，发现天已大亮，头顶上的一盏灯正照着他，把他照得满头大汗。派出所里还是没有人，显得空荡荡的。他的肚子咕噜咕噜的，正在呼唤食物。他在房间里一会儿站着，一会儿坐着，只希望尽快来个人告诉他还需要等多久。他如坐针毡，可就是没有一个人前来。无聊中，他想到一首山歌，便唱了起来：

> 一片落叶，
>
> 从风中走过，
>
> 摘录四方也就好了。
>
> 一个女子，
>
> 路过时光，
>
> 如一首歌找不到家。

小木七不知道自己为谁而唱，也不知道为什么而唱。断断续续地，他重复唱了五遍，老警察就进来了。他"哐当"一声推开小房间的铁门,仔细观察了一下小木七,一脸诧异地说:"你还在这里干吗?"

"我是被抓进来的。"小木七想了想说道。

"你不想出去?"

小木七用恳求的口吻说:"您昨天来的时候我就说了,我没有地方可以去。要不您就把我送去少管所吧!"

老警察两鬓斑白,抠着鬓角想了想:"其实,你只要让家人把老奶奶的住院费结了,你就可以出去了。我听说那位老奶奶只是血压高,没有其他大碍。"

"我没有钱,也没有家人。"小木七说。

老警察皱了皱眉,慢悠悠地说:"我有这么一个想法,你看可以不可以。那位老奶奶白发苍苍的,虽然有个儿子,但总是一个人去买菜,说明家里没人可以帮忙。如果你愿意的话,我就跟老奶奶的儿子沟通一下,让你在他家照顾老奶奶,就当还人家的医药费了。你看可以吗?"

小木七想了想,一个孩子被送去少管所,终究是不太好的。如果他去老奶奶家帮忙,至少是有了一个可以落脚的地方,不至于流浪街头,他也可以继续找机会打听父母的下落。于是,小木七说:"爷爷,您做主吧!"

小木七在成都生活了一个多星期后,杨默就找来了。

杨默身后跟着那位老警察,把小木七带到了一个货运站。杨默说,他在山外跑长途运输,山上的牛头书记托人带口信给他,让他找一下离家出走的小木七。他跑长途走了很多个城市,但都没有打听到小木七的消息。这次算是祖先显灵,在成都街道办一打听,居然把小木七找到了。

小木七就这样跟着杨默回了凉山。回去的路上,小木七没有多高兴,也没有不高兴。

小木七是去寻找父母的,父母没有找到,自己却吃了不少苦。如果没有杨默,小木七这一生恐怕就要在城市里流浪了。

小木七坐在杨默旁边,一张脸上满是伤感,但又不知道为什么伤感。

杨默说:"小木七啊,你再不回去,姆吉奶奶就要发疯了。"

小木七看了杨默一眼,深深叹了一口气,小小的嘴唇动了几下,但没有说出只言片语。

第四章

凉山下

1

秋后,山上雾气氤氲,苦荞、燕麦、洋芋、萝卜等农作物在山坡上成熟了,就等山民们把它们收回家了。

瓦果山埂下的洋芋地上,姆吉奶奶正挥着锄头挖洋芋。她已七十多岁,但身子骨硬朗,一年四季连感冒也不得。她头上缠着一块乌黑的帕子,把厚重的裙摆提起来缠在腰上,把袖口挽在肘弯处,动作持续而有力。她挖出来的洋芋白花花的,一个个散落在后面的泥土上。

小木七抱着一个破烂的簸箕,一边捡起地上的洋芋一边唱歌。他喜欢唱歌,有时唱从山上婚丧嫁娶里学来的,有时自编自唱:

　　　天上有个少年郎,
　　　迷恋地上的海洋。
　　　"扑通"一声落水里,
　　　变成一条大鲨鱼。

姆吉奶奶把锄头杵在身前直起腰杆捶了捶,遥望织布山下五颜六色的森林，想到一年就这样到了头，深深呼出一口气，说："山子，这是你从城市里学来的歌曲吗？"

团团白雾在洋芋地的边上游走，仿佛是一群幽灵。小木七捡满一簸箕洋芋，把簸箕抱起来一边往家里走一边说："我是凉山上土生土长的歌手，天生有自编自唱的能力。"

"那你再编唱一首看看？"

"奶奶，我先把这些洋芋抱回家，再唱给您听。"

小木七虽然看起来瘦瘦的，身上的肋骨清晰可见，但做农活力气不小。他抱着一簸箕洋芋回到家里，没一会儿就又回到洋芋地头。他清了清嗓子，提高声音落落大方地唱道：

　　　　山上树木已枯黄，

　　　　坡上庄稼已收割，

　　　　就等父母回山里，

　　　　山高路远回不来。

姆吉奶奶深深叹了一口气，知道小木七想念父母了。已经八年多了，姆吉奶奶又何尝不想念自己的儿子与儿媳妇呢？姆吉奶奶一个人含辛茹苦地把儿子杨洪邦带大，从来没有想过有一天儿子会离开自己。说来真是奇怪，儿子还没有娶媳妇的时候什么都听母亲的，可一旦娶了媳妇，母亲的话就选择性地倾听了。

好心的牛头书记帮姆吉奶奶打听过几回，带回来的消息都是他们很快就要回来了。但是，这个"很快"也不知道到底是什么时候。

姆吉奶奶看着小木七一年年长大、懂事，内心深处有所慰藉，但也有顾虑。她想，小木七已经下过一次山，说明心里想念父母，也向往山外的世界。如果小木七像其父母一样离开凉山后不再回来，那她该如何是好？

姆吉奶奶一双老眼正望向白云深处，牛头书记就带着一个从凉山镇来的小伙子到洋芋地头来了。

牛头书记走到哪里都是乐呵呵的，手上拿着一根长长的烟杆，烟斗里没有烟叶，但还是叼在嘴上时不时吸上两口。他看了看地上的洋芋，说："今年的洋芋收成不错啊！这洋芋有巴掌那么大，随便煮两三个就可以当一顿饭了。"

姆吉奶奶停下手中的锄头，一边转向牛头书记一边说："托老天爷的福，今年天气好，算是风调雨顺。这样一来，明年三四月份就不需要吃野菜了。"

镇上来的小伙子眉清目秀，一看就是刚刚走出校园的大学生。他在洋芋地周围走了一圈，把散落在地上的洋芋拿在手上看了又看，好奇地说："这是我们喜欢吃的炸洋芋吗？怎么有黑色的皮子和泥巴呢？"

牛头书记在田埂上坐下，笑了笑后回答："洋芋是山里人的主食，除了逢年过节，山里人一天三顿都是煮洋芋。山下的人吃洋芋是刮了皮子切成块炸着吃的，山上没有这样的条件，只能将就下……你是山外来的大学生，应该没见过种植洋芋吧？"

小伙子傻傻一笑："说实话，我的老家只有稻谷、苞谷、花生什么的，没有看到过种植洋芋的。我来镇上才一个星期，还真不知道洋芋是长在土里面的。"

小木七听了这话很高兴，说："以前我以为面条是长在树上的。"

众人一阵大笑。大笑间，小木七跑到家里抱来一堆柴火，用火柴点燃后，把刚挖出来的洋芋丢进火堆里。山下来的人就是客人，既然没见过种洋芋，烧洋芋肯定也没吃过，那就烧一簸箕洋芋招待牛头书记和这位大学生。

牛头书记不知道怎么介绍小伙子，小伙子就自我介绍道："我叫王峰，来自四川西南边一座叫宜宾的小城。"

小木七听到宜宾，一脸兴奋，但想到阿虎一家和张楚偷盗餐厅的事，又觉得惭愧，便小心翼翼地说："那你认识阿虎一家人吗？"

王峰身材修长，穿一件蓝色风衣，剪着寸头，一双眼睛明亮有神。他想了一会儿才说："虽然都是一座小城里的居民,但我们不认识。"

牛头书记在乌黑的烟斗上装了一袋兰花烟,从腰包里掏出火镰和火绒草,"咔咔"两下点燃火绒草后把它直接贴在兰花烟上。他使劲抽了几口,说:"王峰是凉山镇新来的老师,他这次来山上的目的就是把小木七、刘二虎、卢八美等学龄儿童喊到山下去上学。"

姆吉奶奶拍了拍身上的灰尘,整理了一下衣裙,也坐下来,说道:"读书是一件好事,可我们这家境,别说读书了,有时一日三餐也得不到保障。如果小木七真到山下去读书,学费、生活费怎么办呢?"

小木七在洋芋地中间烧洋芋,柴火烧得旺旺的。他听牛头书记说起上学的事,心里明白那是有钱人的事,像自己这样贫苦的山里娃,除了做梦的时候想一想,白天是一丁点儿都不敢想的。他刨出一个烧熟了的洋芋,用树枝刮掉烧煳的皮子后递给王峰。

"王老师,您吃一下山上的烧洋芋。"小木七说。

王峰看着热乎乎的烧洋芋,伸出手不知道怎么接。他傻笑一下,说:"就这么吃吗?"

牛头书记点了点头说:"对,就这样抱着啃。"

"山上没有碗筷?"王峰问道。

"山上不用碗筷。"牛头书记说。

王峰第一次吃烧洋芋，模样十分滑稽。他把一个洋芋捧在手上，左看右看，看了很久，就是不知道怎么下嘴。

小木七从火堆里又刨出一个烧洋芋，刮去皮子后示范给王峰看。小木七手上的烧洋芋都快吃完了，王峰还是不敢下嘴。最后，牛头书记、姆吉奶奶、小木七刨出火堆里的烧洋芋，挨个儿给王峰示范，一簸箕烧洋芋都快吃完了，他还是不敢下嘴。

牛头书记吃饱了洋芋，一张脸上全是笑容："小王啊，既然来到山上，就要入乡随俗。烧洋芋是山上的主食，你可不能胆怯啊！"

王峰在牛头书记、姆吉奶奶和小木七的鼓励下，拿着烧洋芋吃了一口，小心翼翼地咀嚼两下，突然点头称赞："想不到味道还蛮不错的。这些烧出来的黑不溜秋的东西，我以为会像泥土一样难吃呢，没想到吃起来软软的、绵绵的，还有一股类似巧克力的味道，真是美味啊！"

王峰吃了烧洋芋，算是与山上亲近一步了。

王峰明白姆吉奶奶的顾虑，抹了抹嘴巴说："姆吉奶奶，您老不用担心，我今天上山就是专门来寻找像小木七这样的没有上学的学龄儿童。山下办了一所不需要学费和生活费的学校，叫尼姆希望小学。学校是山外的好心人捐钱修建的，学校里的老师大部分都是志愿者，我就是其中之一，来到大山深处是为了完成自己的支教梦想。"

"我不相信有这等好事……如果真有这等好事,肯定也不是什么好事。"姆吉奶奶想了想,"祖先用生活告诉我们,只要是天上掉馅饼的事,最终都不是什么好事。"

牛头书记干咳两下,说:"老实说,这样的事起初我也不太相信。但是,这些年我们不相信却成为事实的事情多了去了。"

小木七没有关心姆吉奶奶与牛头书记的话题,抱着簸箕在洋芋地里捡洋芋,只要捡满一簸箕就抱回家去。他在地头来回走了三趟后,听到姆吉奶奶说:"那好吧,牛头书记都担保了,我还有什么不放心的?只要他不跑到山外去流浪就行。"

王峰一脸欢喜,看了一眼小木七说:"这么聪明的孩子,不读书多可惜呀!我相信他前途无量。"

2

尼姆希望小学坐落在距凉山镇约三公里处,上方是一道陡峭的山坡,下方是一条缓缓流淌的溪流。

尼姆希望小学旁边是尼姆村,村民们不像凉山村住得那么分散,而是围绕陡峭的山坡集中住在一起,彼此可以听到鸡鸣犬吠。

学校是新建的,新的教学楼还没有建起来,为了让学龄儿童早点儿走进学堂,就临时租用了尼姆村的集体仓库和几间民房作为教室和宿舍。

小木七、刘二虎等山上来的孩子来到尼姆希望小学,以为会看到大高楼,哪知道是破破烂烂的民房,内心深处多少有些失望。他们最高兴的,就是在学校里可以免费吃饭,不但可以吃到大米饭,还可以吃到一些新鲜蔬菜,这是山上的人不敢奢望的。

学校里有五位老师和一位炊事员。五位老师中有一位是校长,名叫杨贵州,其他四位老师是从山外招募来的志愿者老师,都是刚走出大学校园、志愿到山里来锻炼的青年学子。王峰就是其中一员,另外三人一男两女,男的叫郑国强,女的一位叫何青青,一位叫罗芳芳。他们来到凉山镇这样偏远的山区,就是为了在这样艰苦的地方锻炼自己。

尼姆希望小学的前身是尼姆村完小,支教老师到来之前有六位老师,支教老师来了后,原来的五位老师就调到其他学校去了,留下来的杨贵州就成了校长,他也是尼姆希望小学中唯一的正式老师。

由于在凉山上招收了很多学龄儿童,小木七所在的一年级这个班成了全校学生人数最多的班，学生的年龄相差也大，有的学生十三四岁，有的学生才六岁多。他们的班主任不是别人，正是跑到山上来找学生的王峰。

开学第一天，王峰认真观察了每一位学生，看见学生们的袖口上、脸上都脏兮兮的，上课第一件事就是教学生怎样洗脸、刷牙等。王峰上课用的是普通话，但山上的孩子大都听不懂普通话。不管他讲什么，孩子们都瞪大眼睛，傻傻地望着他。

"老师，阿磊屙尿在桌子下面了！"

"哈哈哈……"

全班同学哄堂大笑。

"阿磊，你干啥子？屙尿不晓得报告老师吗？"王峰从讲桌后面走过来，弯腰仔细地察看了课桌下面说。

"老师，他说他不知道怎样报告！"抢着回话的是张小兰，是尼姆村村主任家的女儿。她才六岁，但乖巧、漂亮，还很聪明。

"哇——"阿磊红着脸站了起来，用埋怨的眼神扫了一下周围的同学后，嘴巴一撇便大哭起来。

"啊……没事没事，阿磊别哭，你把裤子脱下来，我给你拧干就是了！"王峰蹙起眉头站了一会儿，看阿磊委屈地哭了，便安慰道。

"只要你不哭,我就叫你父亲给你买糖吃。"王峰把阿磊尿湿的裤子脱下来拧干后,又给阿磊穿上了。

这是开学第一天,小木七没有学到什么文化知识。后来的日子也真是好玩儿,仿佛是放电影般,班里天天发生这样那样的趣事。这让刚上学的小木七他们并不觉得读书是枯燥和辛苦的。当时,对他们来说,好玩儿是第一位的,读书是第二位的。

他们班上那些年龄偏大的同学,个子高,胆子大。他们知道小同学惧怕他们,所以每天都让同学们带好吃的东西给他们。而他们呢,就像叫花子一样,烧苞谷、烧洋芋、炒胡豆……没有一样东西是不要的。可即便如此,他们还是饿得不行。不管是什么东西,他们都可以三下五除二地吃进肚子里,好像一个星期没吃过饭似的,把所有的东西都清扫得干干净净。

小木七家庭条件差,无法带好吃的。所以,他的桌子经常被调换,文具经常被偷去,教科书也经常被人一页一页地撕烂。他知道这些坏事是谁干的,但只能装作不知道。

小木七就这样糊里糊涂地过了一个学期,第二学期就好多了。

那些年龄偏大的同学,只读了一个学期就没继续读了。小木七打心眼儿里高兴,对学校也渐渐熟悉,老师讲的话也听明白了。老师跟他们说:"好好学习,天天向上!"他们就为了"天天向上"而好好学习。

这年"六一"国际儿童节,小木七成为一名中国少年先锋队队员,得到了一条鲜艳的红领巾。

时间很快,转眼就到了小学二年级。

"木七,你起来回答一下,《会摇尾巴的狼》这篇课文的主旨是什么?"小木七他们班的语文老师是郑国强,二十岁出头,个子中等,体形偏胖,宽阔的鼻梁上架着一副镜片很厚的眼镜。他说话的时候喜欢用手中握着的一根一寸宽、半寸厚的木条子敲一下讲桌。

"老师,我想……"小木七挠了挠头,"这篇课文的主旨是狼虽然凶猛,但处在困境中时,也难免会摇着尾巴向人示好。"

小木七还没有说完,郑国强就拿着木条子走过来了。小木七想,自己恐怕又要挨几下子了。他习惯性地用手捂住头顶。

小木七的头顶上除了一绺巴掌大的头发,其他地方都剃得光溜溜的。对小木七来说,全身上下就属那里最薄弱了。而小木七的语文老师最喜欢敲打的地方也恰好是那里。

郑老师的脚步声离小木七近了,小木七吓坏了。他忍住没有哭出声音,但眼泪已经挤出眼眶了。

"大家说木七回答的对不对?大家觉得木七是不是越来

越聪明了?"郑老师站在小木七面前,手里拿着木条子,但并没有打小木七。

"是的,木七越来越聪明了!"回答郑老师话的是朱国明,他瘦瘦的,手脚如枯枝般细细的,没有什么肉,眼睛暴突,喜欢戴一顶黑色的呢子帽,已经十三岁了,但个子不高。听说他小学一年级就读了三年,基础很扎实,在班上也很受老师和同学们的欢迎。

"木七,你不要觉得自己聪明,就可以不认真听课了。上课的时候,你要全神贯注,不要总是溜号。"郑老师把脸转向小木七,用木条子敲了敲他的桌子。

小木七原以为郑老师会敲打他几下,没想到只是批评了他几句。这让他反倒有些羞愧了。

"这篇课文告诉我们:像狼一样的坏人,和狼一样,本性是不会改变的。我们要善于识破他们的伪装,不要被假象所蒙骗。"郑老师一字一句地说道。

"哈哈哈……"全班同学哄堂大笑。

小木七知道自己回答错了,羞愧地低下了头,一副好像犯了滔天大罪的样子,恨不得挖个洞钻进去。

刚才,小木七确实是溜号了,他在想父亲的叔伯兄弟杨默呢。杨默这天要来凉山镇,说下午放学时会来接小木七,要带小木七去看电影。

小木七可喜欢看电影了！他为了看电影，可以不吃晚饭，可以在电影院门口徘徊一晚上。

那天晚上，小木七被杨默带着，在人潮涌动中挤进了凉山镇电影院，观看了一场精彩的电影。电影的名字叫《小兵张嘎》，那个叫嘎子的小八路让小木七佩服得五体投地。

回去的路上，小木七可高兴了，一直给杨默讲小兵张嘎。看见小木七这么高兴，杨默也跟着高兴。

小木七的数学老师是何青青，但那段时间听同学们私下传，何青青要调换到其他班上去了。小木七很怕数学老师，但心里又有点儿舍不得。何青青是学校里最年轻、最漂亮的女教师，小木七还没有让她看到自己的聪明能干呢。如果何青青被调换到其他班了，小木七就没有机会向她证明自己其实并不笨了。

还没过一个星期，新的数学老师就来了，是学校新招进来的，叫程伟，三十多岁，身强体壮，个子中等，外地人，好像还学过武术什么的。

小木七学习很努力，但对数学还是一窍不通。幸运的是，程老师没有想象中那么严厉。学生如果没有完成作业，程老师只会批评教育一下，不会让学生罚站。程老师只惩罚上课不认真听讲的学生，而在这一点上，小木七可以作为榜样。

程老师时不时指着小木七对其他同学说："你们看看，

人家杨木七多么认真！他学习基础差，数学学得不怎么好，但他这种学习态度是很端正的。"小木七听了，不好意思地低下了头，他知道老师是在表扬他。

离期末考试只有一个星期了，学校里大部分同学都在积极备考。这天，天气无比寒冷，凉山镇政府给尼姆希望小学送来一架棕色的脚踏风琴。风琴由三位镇干部抬着，劳累一上午后送到了尼姆希望小学。

从凉山上下来的学生没见过脚踏风琴，不知道这样一个巨大的木箱子是做什么用的。他们以为是衣柜、碗柜什么的，围观一阵就回教室了。

那一天，小木七、刘二虎先上了语文课，然后是数学课，再然后是什么课小木七忘记了。到了第五节课，也就是下午最后一节课，便是他们最喜欢的体育课了。

体育老师没有让小木七他们像以往一样跑完跳、跳完跑的。等集合完、点完人数后，体育老师就从办公室抱来两个崭新的篮球，一个给了男生，一个给了女生，让大家自由活动。

小木七个子小，自然抢不到篮球，但还是跟着同学们没来由地高兴。他跟着同学们抢了一阵子篮球，差不多二十分钟吧，连篮球的影子都没有摸着，便一个人走到操场边去玩儿了。

小木七和几个差不多大的同学坐在操场边抓了一阵子石子，觉得无聊，又想互相追着跑，兴致也不大。无所事事的他们只好在操场上一直坐着。

他们望着山顶上的白云从天边一朵朵地飘来，又一朵朵地飘去，有的像一个猎人，手上还拿着一杆猎枪瞄准；有的像一头狮子，那金色的毛发一晃一晃的。他们还看着鸟儿从附近的山坡上飞过来，飞过他们的头顶，飞到对面山坡上的林子里去了。他们还看见凉山镇大道上，那些一大早就到山林里去打过冬柴的村民一个个回家了。后来，操场对面三年级教室里的脚踏风琴响了，弹的歌曲正是他们很喜欢唱的《中国少年先锋队队歌》。

风琴里飘出的音乐一下子把小木七吸引住了。

那悠扬的声音多么美妙、多么扣人心弦啊！当时，他们除了听老师讲过，没有见过真正的脚踏风琴。他们对脚踏风琴里面会飘出那么动听的音乐感到十分好奇。小木七想，脚踏风琴里面肯定装着一个小鬼吧？音乐老师叫他唱什么，他就听话地唱什么。

"走！到三年级教室窗外听去！"他们当中最小的黄阿古提议。

"好！"他们当中有人说。

他们慢慢悠悠地走过操场，悄悄地趴在三年级教室外

他们慢慢悠悠地走过操场，悄悄地趴在三年级教室外的窗台上，静静地听着里面传出来的美妙音乐。

的窗台上，静静地听着里面传出来的美妙音乐。

那窗台很窄，窗子很小，窗格子中间的玻璃有几处已破碎。他们拥挤着，先是很投入地、聚精会神地听，后来，也不知道为什么，他们就在窗台边你推我搡起来，声音越来越大。

"你们是哪个班的？不上课跑到这里来耍啥？"音乐老师罗芳芳怒气冲冲，把教室门猛地拉开，眼睛瞪得圆圆的。

小木七他们知道自己惹了祸，便灰溜溜地跑开了。等老师把教室门狠狠地关上，他们就跑到原来玩耍的操场边了。

"这女老师真厉害！"黄阿古嘟囔道。

小木七他们都没说话。他们这几个小同学当中，好像只有黄阿古有资格对老师评头论足。

然而，没过一会儿，他们几个又不由自主地跑到三年级教室那边去了。风琴奏出一段音乐，学生们就跟着唱一段歌。小木七他们既嫉妒，又羡慕。他们又慢慢地靠近了三年级的教室，靠近了那飘出音乐来的窗子，而且把脑袋也伸进去了。

这次，对小木七而言，似乎很幸运，又似乎相当不幸。小木七不仅站到几个同学的前面，而且半个身子都顺利伸进窗格子里了。

小木七把半个身子伸进窗格子里才知道，原来对着窗子的不是什么脚踏风琴，而是一张斜放着的长方形的黑板。

他的头正伸在黑板背面的阴暗处,那里蜘蛛网密布,似乎把他头上的帽子都网住了。

小木七没有管那么多。他睁大眼睛,左顾右盼,终于看到了黑板右边过去两米处的脚踏风琴,音乐老师的两只脚正在风琴下的木板上踩着。

音乐老师不停地踩,脚踏风琴就不停地唱。

小木七想象风琴是一只硕大的野蝉,不幸被世人贪婪的网网住。于是,它被世人奴役,世人把它狠狠地踩着,让它听话。小木七就要研究出风琴为什么会唱歌时,只听见"咚——嗒!"两声,一根苞谷秆就从他背后飞进窗子里去,正好打在黑板上,然后落在了黑板下面的讲台上。

就在那一刻,只听见"噼里啪啦"一阵脚步声,小木七身旁的几个同学转眼都跑得无影无踪了。

小木七吓得汗毛都立起来了,但没能以最快的速度把自己的身子从窗格子里抽出来。他的心跳在加速,手和脚开始发抖了。他的脸红红的,呼吸也急促起来了。就在这时,他听见教室里面一阵骚乱的脚步声,音乐老师和几个大点儿的同学都跑出来了。说时迟,那时快,小木七也不知哪里来的灵巧和气力,一下子把自己从窗格子里抽出来,三步并作两步跑开了。

也活该小木七倒霉,由于跑得急,他新买的帽子被风吹跑了。那个音乐老师和几个大点儿的同学把帽子捡个正着。他们捡了小木七的帽子，却没有停下追撵的脚步。

小木七一直跑，绕着学生宿舍的土瓦房跑了一圈，又绕着教师办公室跑了一圈，直至跑到一个不起眼的杂物间。他缩着身子躲藏在里面，才摆脱了那些围追堵截他的人。

小木七的心怦怦直跳，呼吸还很急促，正在这时，值周老师把下课铃摇响了。那"叮当叮当"的铃声，让静静的校园瞬间热闹起来。小木七听见同学互相呼喊着回家的声音，还有放学时各班进行大扫除的声音。

小木七从杂物间探出脑袋左右望了望，两边的过道上似乎没有什么人。他想，应该安全了，便小心翼翼地走了出来。

小木七拍了拍衣服上蹭的灰尘，心想，这倒霉的下午！倒霉的体育课！还有那帮讨厌的同学！如果不是他们，我就不会躲到杂物间里，衣服就不会蹭脏了！

小木七从杂物间里走出来，校园里还有一大部分学生没有回家，有的是被老师留下来搞卫生的，有的是等那些搞卫生的人的。他摸了摸头，由于帽子跑丢了，头上什么也没戴，觉得冷飕飕的。

还没有走到三年级教室，只听后面有轻轻的脚步声，小木七就被音乐老师逮着了。

"哈哈！你接着跑啊！看你有没有本事逃出我的手掌心！"罗芳芳个子不高，人也不壮，但力气相当大。她还没等小木七把头转过来看清楚是咋回事，就把他拖到办公室去了。小木七低着头，一言不发，一张脸红红的。

小木七以为被拉到办公室不是罚站，就是罚蹲。但是，到了办公室后，罗芳芳并没有惩罚他。她坐在椅子上，拿起杯子喝了一口水，然后看着小木七说道："你是哪个班的？你叫什么名字？"

小木七吓坏了，以为自己闯了大祸，怯生生地回答："老师，我是王峰老师班上的，我叫杨木七。"

罗芳芳上下打量了一下小木七，说道："杨木七，那你说说，为什么要把苞谷秆丢进教室里？"

小木七的眼泪一下子出来了，把他的脸都打湿了。他用普通话与土语夹杂着说："老师，那……那个苞谷秆不是我丢的，我只是……只是在那里听你们唱歌……"

"那你跑什么？你这不是做贼心虚吗？"罗芳芳见小木七哭了，语言缓和了些。

"我……我看见他们跑，我就……就跟着跑了。"小木七吞吞吐吐地说道。

"真的吗？你没有撒谎吧？好孩子可不能骗老师哦！如果你做错了事，给我认个错，我也不为难你。"罗芳芳看着小木七说道。

"老师，我真的……真的没有……"小木七想，不管向不向老师认错，他都应该把事情讲清楚。

"那你在这里再好好想想，想想自己有没有做错的地方，如果想通了，就去教室里找我。"罗芳芳说完，转身走出了办公室。偌大的办公室里只留下孤孤单单的小木七，倒是让他清醒了许多，也轻松了许多。他急促跳动着的心慢慢平稳下来，脸上的眼泪也渐渐干了。

小木七就这样站着，有点儿像被人莫名其妙地拉去枪毙的阿 Q。他无事可干，便开始胡思乱想一些往事。

"杨木七，你还在这里站着干吗？嘻嘻，好像还哭了呢！"过道里有一阵脚步声传来，小木七感觉有人猫着腰通过门缝往里面看，然后听到一个女生的声音。

"哐当！"门开了，一个女生进来了。小木七吓了一跳，一看原来是晋书。

晋书是小木七一个远房舅舅家的女儿。舅舅从小没爹没娘，凉山解放后成了人民政府照顾的对象，从小进学校读书，初中毕业后就参加工作了，在凉山镇粮油站上班。舅舅的女儿叫晋书，比小木七大一岁，个子高高的，比小木七高出半个脑袋。

小木七没说话。晋书每次到山上来拜年，都会拿小木七开玩笑,还说长大了要嫁给小木七。所以,小木七有点儿怕她。

"木七,你傻啊,不饿吗?老师都吃饭去了,你还不回家?"晋书挺着高高的个头儿站在小木七面前,调皮地用手推了推小木七。

小木七瞟了她一眼,还是不说话。他想,音乐老师还没回来,自己也还没有认错,怎么能回家呢?

"晋书,你来这里干啥?"真是"说曹操,曹操就到",罗芳芳吃完晚饭回来了。

"罗老师,他是我表弟,他要是没犯什么大错,就求您饶了他吧!"晋书诚恳地看着音乐老师,替小木七求情。

"原来是你表弟呀!这孩子也真够调皮的,而且犯了错还不认,还哭鼻子了呢!"罗芳芳笑着说。

小木七想,音乐老师可能要对自己作最后的宣判了。他硬着头皮站着。然而,事情峰回路转,他听音乐老师说道:"那就这样吧,这一次就饶了他。"一开始,小木七还不相信自己的耳朵。随后,音乐老师把帽子还给了他,他才相信。

从那天以后,小木七对晋书有点儿崇拜起来。他每次看见她,就向她感激地点一下头。

第五章

迷上音乐

1

十月后,山下各条山埂早已穿上红黄相间的衣裳,一块块肥沃的土地没有了庄稼,在云雾笼罩下静默着。

一度赶到山上敞放的牛羊,随着云雾往山下一寸寸地挪移。原本"哗哗"作响的凉山河如今没有一点儿声音,也许是云雾的缘故,让它安静下来了。它流淌在尼姆希望小学下方巨大的沟壑里,再往下是凉山镇政府。

河水从山谷下来,不知遇到多少坎坷与曲折,就那么一路蜿蜒而下,汇聚了路上细瘦的小溪,流经凉山镇就变成了凉山河。每到周末,小木七、刘二虎和卢八美从尼姆希望小学回山里,每次都顺着凉山河走一段路程。从这条山埂走到那条山埂,河流在山埂与山埂之间迂回绕行,最后还是往山下去了。

小木七看到过山上的水源,就在一条长满浓密的灌木的土埂下。但是,他没有见到过水的尽头。王峰是尼姆希望小学见多识广的老师,小木七问过他河水最后都流到哪里了。王峰的回答是被巨大河流淹没,然后被卷入大海。王峰还说,一条河的流向像极了人生。可是,什么是人生呢?

山上的天气一天比一天冷，山下的天气也好不到哪里去。小木七和刘二虎在狭小的操场上正准备玩"抓特务"游戏，白阿乌老师就抱着一本二年级音乐教材，教材上面放着一盒粉笔和一根竹条，向他们走过来了。

白阿乌是尼姆希望小学新来的音乐老师，一条长长的马尾辫束在脑后，一双眼睛里满是善良，一张俏丽白皙的脸轮廓分明，身材高挑儿，走路带风，喜欢穿宽大而流行的衣服。她是尼姆希望小学唯一一位音乐专业毕业的音乐老师，不仅歌唱得好，还会创作一些简单的校园歌曲。

尼姆希望小学各年级的学生都喜欢白阿乌的课，每次上课都抢着去抬脚踏风琴。小木七他们班之前的音乐老师是王峰，一年多的时间就教两首歌，一首是国歌《义勇军进行曲》，一首是《中国少年先锋队队歌》。小木七他们喜欢唱歌，但不喜欢翻来覆去地唱这两首歌。

"两位同学请等一下。"这天，白阿乌穿着一身灰色的衣裳，围着一条蓝色的围脖，迈着轻盈的步子走来。

小木七左顾右盼，没有看到其他同学，知道白阿乌是喊他和刘二虎，就站在原地等候。

刘二虎摸了一下脖子，小声地问："你做了什么坏事？"

小木七摇摇头，两只小手放在身体两侧，莫名地颤抖，仿佛真做了什么错事。白阿乌三五步来到他们面前，深吸一口气,说:"你俩是二年级王峰班上的学生?"

小木七和刘二虎傻愣愣地点头,不知道白阿乌接下来会让他们做什么。天空阴沉,一阵小小的冷风吹过来,让小木七和刘二虎不禁心惊胆战。

白阿乌抬了一下手,高兴地说:"那太好了!上音乐课需要风琴,你们可以帮我抬一下吗?"

小木七和刘二虎想都没想就点头答应了。答应后,两个人一起傻傻地问:"老师,您让我们把风琴抬到哪里去?"

"抬到你们班去。"白阿乌轻描淡写地说。

小木七和刘二虎瞪大双眼,你看看我,我看看你,说道:"阿乌老师,这是真的吗?"

白阿乌伸手摸了一下小木七的头:"快去吧,风琴在教师办公室里。你俩抬得动吗?"

小木七和刘二虎异口同声地说:"抬得动!抬得动!阿乌老师,您真要教我们唱歌吗?"

阿乌老师笑道:"以后,我就是你们班的音乐老师了。你们可要听话哦!"

小木七和刘二虎一个九岁,一个十岁,看起来又黑又小,但力量不小。他们把身上的披毡拴在脖子上,一阵风似的跑到另一边的教师办公室里。

这年,尼姆希望小学修建了新的教学楼和办公楼,操场也从半个篮球场扩展到一个篮球场。他们穿过操场往左二十米就到教师办公室了。他们俩一个走在前面抬，一个走在后面抬。脚踏风琴是一只大木箱，有七八十斤重。小木七在前面反着手抠着木箱的棱角往前抬，每走一步，木箱的桌脚就撞击一下他的脚后跟。刘二虎抓住风琴的棱角往前抬，每走一步，木箱的桌脚就撞击一下他的脚面。他们"吭哧吭哧"的，花了好半天的工夫，在操场中间休息了三次才把风琴抬到教室里。

这是小木七上学以来最难忘的一天。由于抬风琴近距离接触了风琴，他看清了风琴除了外表是木箱子，里面其实是气孔，一排排气孔塞满整个木箱。木箱下有两只脚踏板，其上有两条巴掌宽、一指厚的布带，布带一上一下时，木箱就变成了风箱。如果把手指按在黑白相间的键盘上，风琴就会发出美妙的声音。

后来小木七想，脚踏风琴与野蝉没有什么两样，都靠腹部震动发出声音。

这天，阿乌老师教了一首叫《茉莉花》的新歌。

小木七没有见过茉莉花，但可以感受到茉莉花的美。坐在风琴后面，阿乌老师就像一位声音的魔术师，两只穿了白色球鞋的脚在踏板上起伏自如，一双纤长的手在一米宽的键盘上舞蹈。随着音乐节奏的变化，小木七仿佛走进一片未知的森林。最开始,他只看到郁郁葱葱的树木,在前方一排排铺展开。随着脚步一寸寸往前,前方的森林里出现了可爱的小白兔、跳舞的小鹌鹑、互相追赶的小野猴等。小木七沿着一条铺满枯叶败枝的小路走着,没过一会儿就来到森林背后的山涧前。

"天哪!天地间居然还有这样美丽如画的地方!"小木七感叹道。

这就是我寻找的新大陆。小木七想。

阳光从山顶落下,一串串亮光穿过山涧腾飞而下的水雾,形成一道道美丽的彩虹。在摄人心魄的景观面前,小木七目瞪口呆,不知道怎样形容内心的震撼。山涧洁白如玉,就悬挂在大山中间的峭壁处,四周是深绿的树木,有一只山鹰在树木右方飞翔,一悠一荡,翅膀铺展在空中,借助山风的力量左右滑翔,背后是一碧如洗的天空。小木七想,如果自己有双翅膀就好了,就可以像山鹰一样自由飞翔了。小木七一颗心莫名地激动,仿佛真要成为山鹰般。他望着山鹰的身影遐想很久,最后把目光收回来看向眼前。啊!这么多金灿灿的野果,是什么时候结出来的?距离小木七约三步远处,一丛丛矮小的灌木结满了拇指大小的果子,金黄明亮,似乎是羊奶果,但又不是羊奶果。它们一串串结在树枝上,色泽透亮,汁水饱满,看起来像覆盆子,但又不是覆盆子。

小木七没有见过茉莉花，但可以感受到茉莉花的美。坐在风琴后面，阿乌老师就像一位声音的魔术师，两只穿了白色球鞋的脚在踏板上起伏自如，一双纤长的手在一米宽的键盘上舞蹈。随着音乐节奏的变化，小木七仿佛走进一片未知的森林。

小木七摘了一把放在手上，先是用鼻子嗅了嗅，嗅到一股陈年蜂糖的醇香。然后，他伸出小小的舌头在果子表面上舔了一下。呀！这是什么果子？小木七小小的舌尖一下子沉醉在美不可言的果味里，想找一个词准备形容一下却怎么也找不到。他把果子攥在手心往前走去，一条曲折蜿蜒的山路直通山下。山涧的水流出来的地方，形成一口小小的水潭，四周是竹筐大小的石头，石头上坐满了飞禽走兽。

小木七顺着山路来到水潭边，看到每一只飞禽都似曾相识，但又叫不出名字。在飞禽另一边的石头上，有些走兽也似曾相识，但也是叫不出名字。飞禽与走兽分两个阵营聚在一起，正在举行唱歌跳舞比赛。

一只比乌鸦还黑的野鸟摆动了一下翅膀，站在大石头上翩翩起舞一阵后，仰起脖子唱歌：

古拉古拉古拉，

嘻嘻沙沙嘟嘟。

挖哟挖哟挖哟，

吱吱呀呀呜呜。

野鸟唱完跳完，就把眼睛看向走兽那边。走兽那边也不示弱，在一块平板石头上走下来一只像是狐狸但又不完全

像的野兽,仰起头唱道:

> 西山上月亮落,
> 野果发出尖叫。
> 草原上云雀飞,
> 两匹骏马奔驰。

　　如果不是那一句"杨木七你起来唱一下",小木七可能还沉浸在阿乌老师用风琴营造的美妙世界里。阿乌老师用风琴把《茉莉花》弹奏了三遍,然后把歌词写在黑板上教学生们逐字逐句地唱。这是一首优美的歌曲,旋律轻快,意境美好,全班同学跟唱两次就会唱了。为了检验自己的教学效果,阿乌老师就抽上课走神的同学来演唱一下。

　　小木七的走神不是真的走神,他把阿乌老师教的每一句歌词、每一段旋律,以及脚踏风琴飘出来的每一个音符全都记在了心里,最重要的是,他还感受到了这首歌真正的意境。阿乌老师叫小木七站起来给全班同学演唱一遍,小木七没有一点儿犹豫,从座位上站起来直接走到阿乌老师旁边的讲台前,在脚踏风琴的伴奏下,带着山野气息唱了起来。

　　全班同学都没有想到小木七唱歌唱得这么好。最开始,一双双眼睛还带着嘲弄,听着听着,大家的心神就走进小木七用近乎完美的声音演绎出来的歌曲里。在轻柔优美的童声里，偌大的教室安静下来，除了风琴的伴奏，就是小木七情感充沛的演唱。一曲终了，没有一个人说话。就这样安静了很久，阿乌老师才从风琴后面站起来，用欣赏的眼神盯着小木七看了半天，问："木七，你是怎么做到的？"

"我……我……做到了啥？"小木七不知道自己做到了什么。

阿乌老师把天蓝色的围脖取下来，向前两步，把围脖围在小木七的脖子上："这是我听过的最完美的童声，你将来一定前途无量！这条围脖是老师奖励给你的，希望你成为尼姆希望小学的骄傲！"

这时，教室里响起长久的掌声。

此后，小木七有了一个响当当的名号——凉山精灵。

阿乌老师教会了小木七许多山里没有的歌曲，比如《橄榄树》《鲁冰花》《八月十五月儿圆》《卖汤圆》《虫儿飞》等。小木七是天生的歌手，学习歌曲又快又好，只要阿乌老师用脚踏风琴弹奏一次，他就可以捕捉到歌曲的节奏试着唱起来。

小木七在尼姆希望小学读了一年多，之前差不多是在与同学打打闹闹中走过来的。二年级这学期因为来了阿乌老师，他一下子变成校园小名人，高低年级的同学没有人不认识他的。

阿乌老师为了培养小木七，把小木七选为班上的音乐课代表，每天放学吃完饭后，就把小木七留在教师办公室里教他乐理知识，把最基本的脚踏风琴弹奏要领也教给了他。

说来真是奇怪，小木七学习语文数学什么的，任课老师讲什么他都听不懂，只会发呆。一年多了，他连最基本的汉语拼音都没学好。但是，阿乌老师只要讲到乐理知识，小木七一学就会，就好像之前学过音乐，有扎实的音乐基础似的。

在阿乌老师的悉心指导下，小木七不仅唱歌唱得好，还学会了简单的风琴弹奏。他小小的身子站在巨大的风琴前，一双小手就在琴键上舞蹈，阿乌老师帮忙踏风箱。由于节奏感强，小木七全身跟着节奏动起来，那模样乍一看上去就像一位小音乐家。

2

小镇才下一场大雪，寒假就到了。

尼姆希望小学进行了期末考试，同学几乎都取得了理想的成绩，只有小木七原地踏步，语文、数学的成绩加起来还不到六十分。他有点儿落寞，回山路上没有与刘二虎、卢八美一起走。他一个人沿着蜿蜒的山路，一边思考该怎样提高学习成绩，一边想着怎样写一首属于自己的歌。

小木七上山的一路，背阴的山埂下已有积雪。那些高大挺拔的核桃树站立在路口，仿佛是亲人。三五棵核桃树聚在一处，就可以遮蔽出一块歇息地。从山下的凉山镇到山上的凉山村，一条时隐时现的山路把高大的核桃树连接起来，穿过一条又一条的山埂，最后形成一幅图画。

山里的核桃树最具标志性的景物就是喜鹊窝，只要是树龄在二十年左右的，每棵树上都有两三个喜鹊窝。

小木七看到过山里的孩子爬上大树掏喜鹊蛋，但自己没有掏过。这倒不是因为小木七多善良，而是他爬树本领不行。他只要爬上两三米高的树干，整个人就会昏昏沉沉，仿佛喝多了自酿的酒，身子紧贴在树干上不敢动。

当他爬到半山腰时，凉山镇不见了，铺展在眼前的，除了山埂还是山埂。小木七想到就要见到奶奶了，就鼓足劲儿往凉山上爬。

如果有一条公路从山下修到山上就好了。小木七想。想归想，他知道这是不可能的。山下的小镇修建了几十年了，一直盼望有一条公路，但就是空等。像凉山这样山高路远的地方，修一条公路无异于异想天开。当然，期待还是要有的。

天还没黑，小木七就回到凉山上，回到瓦果山埂下的茅草屋。

姆吉奶奶弯腰驼背，正在山坡上捡枯枝，看到小木七背着黑色的书包回来了，心里面别提多高兴了。她抱着一堆枯枝，一边走向小木七一边颤颤巍巍地说："山子，我就知道你今天回来……你回来了，奶奶晚上睡觉就可以有个说话的人了。"

"这几天身体可好，奶奶？"小木七懂事多了，主动接过奶奶手中的枯枝，一边往家里走一边关心地问。

姆吉奶奶走在小木七身后，笑呵呵地说："奶奶年纪大了，身体好也好不到哪里去，活一天赚一天，赚的每一天都是祖先恩赐的。"

小木七没说话，内心里有些悲凉，但又不知道怎样说出来。为了让姆吉奶奶高兴，他讲起自己在学校时的经历。他说："奶奶，您知道山子在尼姆希望小学是名人吗？"

"山子不是名字吗？怎么成名人了？"很显然，姆吉奶奶不知道什么是名人。

小木七有点儿失落："奶奶，我会成为小明星吗？"

"啥叫明星？"

"就是像天上的星星一样的人。"

"还是做山子算了，"姆吉奶奶边走边说，"每天挂在天上，身边也没有什么亲人和朋友，会寂寞的。"

山上到了冬天不是下雪就是下雨，庄稼地头种植不了庄稼，山上的人除了遇上好天气捡点儿柴火，没有其他事做。姆吉奶奶不支持小木七当歌唱家，但喜欢教小木七唱山上的民歌。她把自己年轻时学会的民歌一首首教给小木七，原以为这些够小木七唱一辈子了，哪知道一个寒假都不够唱。小木七学完了姆吉奶奶的民歌，就跑到其他村落里学习民歌去了。他是民歌小歌手，只要哪家有喜事，就跑去凑热闹，顺便也秀一秀自己的歌唱能力。凉山上除了傻大头时不时欺负他，其他人都对他挺好。

春节前，山上下雪了。纷纷扬扬的雪花，像秋风中胡乱飞舞的野棉花，唱着天界的歌谣，降临大地。大地呢，像一位胸怀博大的母亲，静静地横卧着，从头到脚都被大雪盖住了，压实了，变得白茫茫一片了，但还是不言不语。

"山子，今天你要去巴姑山埂牛头书记家吗？"姆吉奶奶站在门口的土坎上，她刚喂完猪食，正用身上的围腰抹干自己湿了的双手，"听说牛头书记家来了客人，可能要杀牛哦！"

小木七一个人坐在火塘边，由于天气冷，直接把整个火塘拢在了屁股下面。他没说去，也没说不去。

"你要去的话就提一桶水把牛饮了，还有，再顺便到菜园子里抱一捆那里堆起的苞谷秸丢给牛圈里的牛。"这段时间,姆吉奶奶从牛头书记家借来一头母牛喂养,条件是下了牛崽后分一半。姆吉奶奶见小木七不说话,便直接给他分派了任务。然后,她就到牛头书记家去了。

由于寒冬的到来,学校已经放了假,小木七觉得日子十分漫长。

小木七继续烤火。他想,今天这场大雪会不会停下来呢?其实,小木七在等一个人。昨天,他们说好了,只要雪下大了,就到弓山沟沟里去套鸟玩儿。套鸟的线绳朋友说可以借给小木七。

小木七怕朋友来时找不到自己,如果那样的话,朋友会说小木七不守信用的,以后,朋友也就不可能再与他一起玩耍了。

"嗨!七七,在家没有?"小木七正想着,他等待的人就把院门推开了。

"我在!我在烤火呢。你快进屋来坐一会儿,烤一会儿火再走!"小木七说着,从火塘边站起来走到门口。

"咋个下那么大的雪哦?"小木七所等的人其实就是住在瓦果山埂下面,与小木七家只隔一条沟的黄九斤。

黄九斤戴着一顶毛茸茸的皮帽,裹着一件半旧的披毡。他全身上下都有雪花的痕迹。

"看来雪下得真的很大!"小木七一边说着,一边把黄九斤引到火塘边,找了个木板凳给他坐着烤火。

"只怕等雪停了才可以出去了!"小木七是个笨拙的孩子,不仅脑子笨,手脚也笨。在漫天风雪的山坡上,他总是第一个摔跟头的。

"这你就想错了,等雪停了,鸟儿们就往大树上飞了!"黄九斤很认真地对小木七说,"如果鸟儿们飞到大树上面了,我们就捕不到了。"

小木七想都没想就说:"雪那么大,鸟儿们会飞出来吗?"

"哈哈哈!你对捕鸟真是一窍不通!"黄九斤得意地笑了,"想捕到鸟你得听我的。我不仅知道什么时候捕鸟,还知道什么地方才可以捕到鸟!"

小木七说:"我当然听你的。我要是不听你的,约你干吗?"

实际上,小木七的骨子里有一股犟劲儿,嘴上虽然答应,行动上却不一定照着办。

"那好,我们说好了,等会儿去捕鸟的时候,我叫你干啥你就干啥,你可不能犟。"

他们在火塘边烤着火侃了一会儿关于捕鸟的技能和光荣的往事。然后,小木七提来一桶水把牛饮饱了,又到菜园子中间抱了一捆苞谷秸丢给牛。等火塘里的火渐渐变小了,他们就准备了一些鸟爱吃的谷子，向他们的目的地——弓山沟沟出发了。

风雪还是那么大。小木七和黄九斤紧紧地裹着披毡，冒着风雪朝前走。小木七从心里担心，这么大的风，这么大的雪，那些鸟儿只要躲在树丛里面不出来、不叫唤，谁也找不到的。再说了，路那么滑，一脚踩上去令人提心吊胆的。小木七想，也许一会儿他就会给黄九斤表演个漂亮的跟头。说时迟，那时快，只听"咕噜"一声，小木七就从路上方滚到了路下方。

"笨蛋！你真是个笨蛋！"本来黄九斤是伸出一只手来要拉住小木七的，可是小木七摔跟头的速度太快了，黄九斤还没来得及抓住小木七，他就滚到路下方的沟沟里了。

"真是个鬼天气！"小木七气急败坏，从路下方的沟沟里爬起来骂了一句，"我也太倒霉了吧？还没到弓山沟沟就摔了这么大一个跟头，等会儿到了弓山沟沟，还不知会表演什么更好看的跟头呢！"

"抓住我的手！我拉你上来，然后拉着你走！"黄九斤站稳脚跟后，弯着腰向小木七伸出手。

"有我在，你怕什么？我不会再让你摔跟头的！"小木七被拉上去，黄九斤一路拉着他小心翼翼地走。不一会儿，弓山沟沟就近在眼前了。

说起弓山沟沟，其实离小木七家不远，大概有三里地的距离，平时不下雪，顶多走十几分钟就可以到。他们要到弓山沟沟去，必须先从弓山草坡上过。在弓山草坡上，散落着新坟、老坟，干枯的树杈也被放牛娃们丢得到处都是。不过，由于下雪，一切似乎宁静了。

　　弓山沟沟两边的陡坡上，长有十分高大的核桃树和异常弯曲的马桑树，给人感觉似乎身处深山老林。弓山沟沟很深，大概有一百米。深深的沟底流淌着一条小河，好像叫黑拉河。在白天，黑拉河看起来很平常，静悄悄地流淌着。可是到了晚上，黑拉河就不一般了。听半夜三更从黑拉河经过的人谈起，黑拉河一到晚上就会变得波涛汹涌，有时还会发出一些奇怪的声响，路过的人听到都会心惊胆战。所以，后来人们都不敢在晚上从这里经过了。

　　小木七一边拉紧黄九斤的手往前走，一边大声清唱从尼姆希望小学学来的歌曲：

　　　　北风那个吹，

　　　　雪花那个飘，

　　　　雪花那个飘飘，

　　　　年来到……

"七七,过来!我们到河那边去。河那边有块大岩石,在它旁边积雪少,我们在那里设套绳。"黄九斤拉着小木七的手,顺着隐隐约约的小路,向弓山深处进发。

他们爬坡下坎,不一会儿身子就发热了。

他们呼出一团团热气,好不容易下到沟沟边,踩着石头过河。然后,他们向那块弯着脑袋的大岩石爬去。好几次,小木七唱着歌差点儿滑到土坎下,但黄九斤的手紧紧地把他拉住了。他们花了九牛二虎之力爬到那块大岩石边,稍稍歇了口气,又忙开了。

小木七唱着歌负责折树枝,折好树枝拿给黄九斤安套鸟绳。

黄九斤一边把雪扫开,一边寻找安套鸟绳的最佳位置。他在大岩石两边的空地上寻找了好久,才转过身来对小木七说:"七七,把包里的谷子拿过来,先把谷子撒好,再安套鸟绳!"

"哦,好的。可是,我好像连鸟的影子都没看见一个呢!"雪花簌簌地落着,弓山沟沟万籁俱寂,好像连鸟儿的气息都没有一丝。

"现在看不到鸟儿,不表示等会儿没有鸟儿来找食物吃。"黄九斤一边安套鸟绳一边像一位小老师般教育小木七,"你看到没有,这些是什么?"

小木七顺着黄九斤指的地方看去，到处都是斑斑点点的鸟屎。

"这说明这地方有鸟儿来过！"小木七激动地说。小木七的心"扑通扑通"直跳，好像真捕到鸟儿了一般。他们安好套绳，顺着沟沟去找鸟儿。他们需要把鸟儿赶到这块大岩石边来。

小木七和黄九斤一路走，一路拿石头乱扔。只要看到有点儿浓密的树丛或荆棘丛什么的，就不停地扔石块进去。他们睁大双眼寻找鸟儿的影子，但鸟儿们似乎与他们玩捉迷藏，不露半点儿身影。他们扔石头的手臂都疼了，爬上爬下的双膝也无力了，都没有见到鸟儿的身影。于是，黄九斤说："也许，鸟儿们真像你说的不出来了。我们干脆先回家烤一会儿火，如果雪小的话再来看。"小木七同意黄九斤的建议。小木七早就想回家了。

小木七说："我们回去烧点儿洋芋，吃了再来。"

小木七的肚子饿了，由于想到今天要去捕鸟，他激动得早饭都没怎么吃好。

雪越下越大，仿佛是和谁赌气般。雪一直落，不停地落，天昏地暗。小木七和黄九斤烧了十多个洋芋充饥后，本来说好要去看他们安的套鸟绳的，但那么大的雪，他们没有希望捕到鸟儿了。

小木七有点儿心灰意冷，一直骂下个不停的雪，骂这鬼天气。

黄九斤在一旁安慰："也许，鸟儿们用不着我们赶，它们自个儿就跑去套在绳子上了呢？这是完全有可能的。去年冬天，我就有过这样的收获呢！"

小木七想，也只有这样安慰自己了。

"但愿所有的套绳上都拴着鸟儿。"

"哈哈哈，如果那样自然很好！"他俩说着话，天就黑了。

坐了一会儿，小木七和黄九斤找了两根木棍当拐杖，顺着先前的路到弓山沟沟的大石头边。他们还没有走到石头边就听到鸟儿扑腾翅膀的声音，知道捕鸟成功了。在昏暗的石头边上，三只野鸽子被拴住脖子，正在拼命挣扎。黄九斤是捕鸟的行家，三两下就把野鸽子取下来抱在怀里了。

"七七，这两只给你，我就拿一只。"黄九斤说。

小木七把两只野鸽子放在自己的两只手上，之前没有近距离见过野鸽子，此刻看到野鸽子乌黑的眼睛，眸子里全是恐惧与孤单。小木七想到自己也时不时恐惧与孤单，想到自己远在他乡的父母，两只小手抖了一下，就把两只野鸽子放跑了。

"到手的鸟儿飞了！"黄九斤不无可惜地说。

他不知道那是小木七故意放走的。他想，小木七第一次捕鸟，如果没有捕捉到一只鸟的话，心里肯定会失落的。想到这里，他把自己手上的野鸽子给了小木七。他们一起回到瓦果山埂后，黄九斤就回家吃晚饭去了。小木七站在茅草屋前面的土坎上，把最后一只野鸽子也放生了。

　　这夜，小木七一个人，一堆火，有点儿孤苦伶仃。姆吉奶奶到牛头书记家去了，还没有回来。小木七想，也许今晚就他一个人守着这个空荡荡的房子了。当火势渐渐小了时，他的心越来越冷，越来越寂寞了。

　　屋外，漆黑一片，只有雪花一簇一簇地落着。

　　小木七打开房门看了一下，冰冷的风雪扑面而来。他赶紧把门关上，又坐回火塘边。

　　"哐当！"房门被推开了，一股寒风刮进屋来。

　　然后，一个人抖着身上的落雪进来了。

　　"你一个人呀！你不害怕吗？火那么小了，也不加点儿柴。"进来的人正是姆吉奶奶。

　　"白天有黄九斤在，天黑了他就回家了。"小木七的声音有气无力，弥漫着一缕怨气。

　　"我想你肯定还没有吃饭，"姆吉奶奶进了屋，关好因为寒冷而变得沉重的房门，走到小木七身边找了个板凳坐下，"还好，我给你带了两坨牛肉。"说着，姆吉奶奶把两坨冰冷

117

的熟牛肉掏给小木七。

3

春节后一个月,尼姆希望小学开学了。

凉山上还走在寒冬的路上,尼姆希望小学的学生穿着厚厚的毛衣,外加一件山里特有的披毡,算是一道风景线了。小木七已经十岁了,小小的黑披毡不够穿了,一年四季就一件黑色的粗布上衣和蓝色的粗布裤子,鞋子是杨默叔叔买来的,已经穿了一年多了,但还是接着穿。他穿着单薄的衣服来到尼姆希望小学,正不知道怎样挨过这个春寒料峭的时节,尼姆希望小学就发校服了。

这是专门为我发的。小木七想。

王峰是小木七的班主任,了解小木七的家庭状况,故专门多发了一套校服给小木七。之前,小木七到过宜宾和成都,看到过城里上学的孩子都有统一的服装,蓝白相间的校服大大方方,在校园里进出非常好看。小木七没有想过尼姆希望小学也有发校服的一天,且这些校服全是免费的。杨贵州在开学典礼上说,这些全是阿乌老师通过网络宣传募捐来的。尼姆希望小学的孩子大都是凉山上的,不知道什么是网络,但知道网络帮了大忙。杨贵州讲完话,刘二虎就在下面提议,让小木七给网络唱一首感恩的歌。

小木七会唱很多歌,了解每一首歌的本质。他想给网络唱歌,但不知道哪首歌适合网络。当然,小木七是有编歌能力的小音乐家,就算找不到适合网络的歌曲,也可以编一首歌曲唱给网络。

小木七走出队伍,站在操场前方的台阶上,想了一会儿就唱起来:

网络,网络,

好得很,好得很。

捐来新的校服,

带来爱与温暖!

三年前,尼姆希望小学只有两百来名学生,这两年修了新的教学楼和活动场所,新招了六位公办教师,学生一下子发展到五百来名,教学质量也噌噌往上涨。两年时间,尼姆希望小学的教学成绩超过了凉山镇中心校, 紧跟县城关小学。镇上一部分学生转学到尼姆希望小学就读,尼姆希望小学越来越受到外界的关注。这次,阿乌老师通过网络平台为学生募捐新的校服, 也许过些日子网络平台上会有更多的爱心人士加入关心山区教育的队伍中。

这两年,全国上下都在做一件叫"脱贫攻坚"的事。小木七不知道什么是"脱贫攻坚",想了很久还是没有想明白,就问同样不知道什么是"脱贫攻坚"的姆吉奶奶。姆吉奶奶想了一会儿,想起牛头书记的话,说:"就是让我们吃饱饭的意思。"

"难道我们没有吃饱饭?"小木七啃着一块冷冰冰的熟洋芋问。

姆吉奶奶笑了:"可能还要让我们穿得暖。"

"我们有衣服穿啊!"

"也许我们吃的饭不算饭,穿的衣服也不算衣服吧。"

那些年,姆吉奶奶和小木七生活在凉山,不知道什么是贫穷,什么是富有。一年下来,他们没有什么余粮,更谈不上有存款,但能够吃饱饭。万物生长的季节,他们会采摘野菜,把野菜腌制起来放在土坛里,放在屋子一角随时取用。

小木七到尼姆希望小学读书,学习成绩一直不好,但增长了见识,学会了弹奏风琴和很多歌曲。只要唱歌,小木七就能找到自信,找到一条通向灵魂的路,内心就会得到满足,也会感到幸福。

这天,小木七编唱的歌曲《网络》被阿乌老师录下来发在了网络上,一下子火遍大江南北,视频下面的留言达到了一百万条。

阿乌老师在网络平台上的名字叫凉山何首乌，头像是一只猫头鹰。热心网友在留言区接二连三索要她的联系方式，并且无不感慨地说，这些年大家都有钱了，没有想到大山深处的学生还穿不起校服。跟帖的人继续说，没有校服的学校，平时学生的衣食住行估计也令人担忧。

小木七在阿乌老师的指导下学会了唱《酒干倘卖无》，一首令小木七眼泪汪汪的歌。他一边弹奏一边流眼泪，弹完了唱完了，站在风琴后沉默很久。

布谷鸟站在冬青树上鸣叫，"布谷——布谷——"一声接一声。阳光金黄，在墙壁上抖动。这是校园里最安静的时刻，大部分学生吃完晚饭到校外游玩去了，一小部分回到教室里预习课文或赶作业。阿乌老师站在书桌前，跟着小木七沉默了一阵，叹出一口气："如果人生完美，那就是残缺的。"

"如果残缺呢？"小木七问。

阿乌老师想都没想，说："那还是残缺的。"

"人生注定残缺吧？"

阿乌老师想了想，说："残缺也是一种美，但这种美只有追求完美的人才能捕捉到。"

小木七从风琴后面走到窗玻璃前，遥望一眼远处的山野，意味深长地说："如果我没有下山，也许是完美的。"

"下山是迟早的。"阿乌老师说。

"也是，"小木七郑重地说，"一个人不可能一辈子待在一处地方，除非对自己没有期待。弹唱这首歌时，我内心里想到的，除了姆吉奶奶，还有父亲杨洪邦和母亲李阿洛。每个亲人都有自己的期待与无奈，最后让残缺的人生更加残缺。当然，阿乌老师说得对，残缺也是一种美，人们不断努力与追求就是为了发现这种美。"

"没想到，你小小年纪居然能领悟到这么多人生哲理，也难怪你能把歌唱得这么好。"阿乌老师拍了拍小木七的肩膀说。

这学期于小木七而言，是美好与伤感参半。差不多四月中旬，一条通乡镇的公路就从山外修到了凉山镇。凉山上下没有出去过的山民第一次看到了推土机、挖掘机、大货车和拖拉机。山里人历来朴实善良，他们看到推土机等在山坡上劳作，到了晚饭时间就停在路边休息，以为这些机械又累又饿，就自发地背着新鲜草料来了。他们把青草倒在挖掘机、拖拉机等机械前的轮胎下，还一味热情地说："快吃吧，在山坡上修了一天的路，你的主人去吃饭了，可能会忘记给你带吃的，我们就给你带来了。"

一位光着膀子的工人吃完饭回来，看到发生在路边的一幕大声呵斥："你们干啥？弄坏挖掘机什么的，你们三辈子也赔不起！"

"你们自己吃饱了，还不能让它们吃点儿？"山民们据理力争。

一位戴着黄色安全帽的男人提着一桶汽油走出路边的布棚子，把汽油往上扬了一下："这才是这帮家伙的'粮食'，你们割来的青草还是带回去喂牲口吧！"

"难道它们不是牲口？"

"它们是机器。"

原来机器可以帮助人类干活儿。山民们想。

公路修到凉山镇那天，小木七没有练习弹琴，与刘二虎、卢八美一道跑到街上去看热闹。他知道修通的不只是一条路，更是一颗心。只要有了公路，此后的凉山不再是凉山。也许，凉山会成为小城镇；也许，凉山会成为旅游区。小木七、刘二虎和卢八美在街上转悠了一下午，除了看挖掘机、推土机、拖拉机什么的，就是想象可能近在咫尺的未来。他们回到尼姆希望小学时，天色已擦黑，王峰正站在学校门口等他们。

"你们跑到哪里去了？我找了你们一下午，还以为你们出了什么事呢！"王峰生气地说。

刘二虎埋着头不说话，卢八美只得解释："王老师，我们听说公路修到镇上了，就去看了看。"

"杨木七唱歌了？"王峰问道。

"没有唱歌。"小木七老老实实地说。

王峰摸了一下小木七的头："儿童节要到了，今年镇上所有的学校都到尼姆希望小学来参加文艺比赛，唱歌是主要节目。经校领导认真研究，准备让木七独唱《酒干倘卖无》。木七，你有信心拿一等奖吧？"

小木七看了看王峰的脸色，说："王老师，我会好好练习这首歌的。"

也许是公路修到了凉山镇的缘故，尼姆希望小学一天比一天热闹起来。学校不远处有一块草坪，最先是一块坟地，后来就用来放牛放羊。杨贵州想到尼姆希望小学操场不够用，就把这块草坪征用了。在这个春暖花开、莺歌燕舞的季节，尼姆希望小学的师生分为三个小组在那里排练。卢八美在小品组，刘二虎在舞蹈组，小木七在歌唱组。尼姆希望小学的老师们各自发挥特长，每天下午放学吃了饭就在草坪上排练。小木七所在的歌唱组分为独唱和合唱，由于小木七乐感好，声音独特，独唱和合唱都参加了。

这个月，小木七很累，但无比充实。

他站在草坪中间，似乎整个天地都是他的。由于唱歌投入，他的整个身体都跟着音乐节奏摆动起来，头上的短发也跟着一颠一颠，似乎在打节拍。

小木七唱《酒干倘卖无》的时候容易情绪失控,所以为了控制情绪,每次练唱之前他都会先安静地待半小时。

合唱歌曲是《祖国之子》,一首由本地音乐人创作出来的歌。这首歌节奏变化快,合唱时需要全体成员高度配合。小木七站在前方担任领唱,为了让合唱团每个人都体现出自己的价值,小木七把歌曲分成三个部分,在他的引领下依次唱出三种风格。

阿乌老师对小木七的表现无比满意,但比赛就是比赛,不是你唱得好不好,而是别人是不是唱得比你好。尼姆希望小学在排练音乐、舞蹈节目的时候,凉山镇七八所完小的老师们和学生们也没有闲着。

尼姆希望小学最大的竞争对手是凉山镇第一小学和第二小学,据说这两所小学从县文化馆请来了专业老师,在排练出来的节目里加了一些山里人没有见过的音乐和舞蹈。

小木七和刘二虎很好奇,专门跑到镇上去了解。他们在镇一小、镇二小的校园外转悠了一下午,由于门卫一直坚守在岗位上,他们没能进入学校,更没看到从县文化馆请来的专业老师。

五月后的周末,小木七没回山上,而是一个人走在草坪上练习怎样控制情绪。

他知道自己唱歌没有问题,能否拿到第一名就看能不能控制好情绪。他一个人独唱《酒干倘卖无》,反复练习了很多次,可是每次唱到"是你抚养我长大,陪我说第一句话,是你给我一个家,让我与你共同拥有它"时,眼泪就扑簌簌往下掉。

小木七是苦孩子,按理说心理承受能力应该很强,不该有那么多眼泪。可有时候一个人的情绪不是自己能控制的。小木七唱这首歌的时候,总是想起佝偻着身躯为他遮风挡雨的姆吉奶奶。他想,如果没有姆吉奶奶,如今他会在哪里呢?

草坪上一对云雀在高歌起舞,转着圈欢叫着飞上天空。小木七一边走路一边看云雀欢歌,心里琢磨着怎样才能战胜自己,控制好自己的情绪。

这时,白阿乌从校园里走出来了。她穿着一件红色的短袖上衣、一条蓝色的裤子,束着马尾,走路时一甩一甩的。

"杨木七,你没有回山上啊?"阿乌老师远远地问道。

小木七用手抓了一下头皮,停下脚步说:"阿乌老师,我本来想回去帮奶奶薅草的,但儿童节就要到了。"

阿乌老师走路带风,一会儿就来到了小木七面前:"你担心自己的情绪控制不好?"

小木七点了点头,脸上写满忧愁。

"唱歌走进歌曲里是对的,但要学会走出来。"阿乌老师看了一眼小木七,语重心长地说,"如果你还没有找到唱好一首歌并走出这首歌的方法,我倒是有一个办法,不知道对你有没有用。"

小木七满脸期待地说:"您说来听听。"

"就是你在唱歌之前先大哭一场。"阿乌老师说。

"如果大哭一场不够呢?"小木七问。

"那就哭两场、三场、四场……直到哭够了再演唱。"

"这是土办法。"

"万一管用呢?"

这个美好的周末,阿乌老师给小木七讲了自己的故事。

阿乌家住在县城,她从小在县城关小学读书,这听起来很美好,但她在生活中还是有很多无奈。阿乌老师的父母是开超市的,在做生意过程中总是发生争吵。阿乌老师是独生女,没有其他兄弟姐妹,父母一吵架,她就会夹在中间两头受气。大学毕业时,她完全可以留在县城任何一所学校当老师的,但为了离父母远点儿,她就到最偏远的尼姆希望小学来了。

阿乌老师在尼姆希望小学教音乐课,周末不需要待在学校里,但她偏偏待在学校里。

阿乌老师对小木七就像亲人,甚至比亲人还亲。

如果没有阿乌老师,小木七不会知道自己有音乐天赋,更不会成为凉山镇的小名人。关于控制情绪的办法,小木七本来不相信阿乌老师的建议,但还是想试一试。

这个周末,小木七站在阿乌老师面前大声号哭,哭了一次又一次,哭够了,伤心够了,就用袖子抹干眼泪开始演唱《酒干倘卖无》。

小木七唱完后,阿乌老师笑了。她看了一眼小木七还有泪痕的脸,说:"这个感觉好像对了。"

小木七的情绪还在歌里,没听清阿乌老师的意思,说:"什么对了?"

"情绪对了。"

"真的?"

"真的。"

从这天开始,小木七就用阿乌老师教的这个土办法找无人的地方练习。这个季节太阳明晃晃的,天气酷热,草木在阳光下蔫头巴脑的。小木七为了唱好这首歌,本来就黑乎乎的脸被晒得更黑了。在尼姆希望小学的山坡上、山沟里、磐石旁,全都留下了小木七的足迹与歌声。

在艰苦的训练与急切的等待中,这一年的"六一"国际儿童节终于来了。凉山镇七所完小组织各自的舞蹈组、小品组、歌唱组,一大早就跑到尼姆希望小学新搭建的舞台上彩排来了。

舞台就建在草坪中央,用抽签的方法给各学校排了顺序。

尼姆希望小学排在镇二小的后面。最先表演的是小品，由于没有把握好小品的对话，整个表演磕磕绊绊，本来应该让观众笑出来的，但结果却令人失望。随后上场的是合唱团，本来整体效果还是不错的，但就是有点儿死板。轮到小木七上台独唱的时候，杨贵州从主席台走下来，伸出一双大手紧紧握住小木七的小手，压低嗓门说："木七，尼姆希望小学就看你了！"

小木七的脸上全是泪痕，因为他刚刚哭了几场。他瞟了一眼校长期待的眼神，认真地点了点头。杨贵州回到主席台后，阿乌老师就走到舞台左侧奏响了脚踏风琴，小木七穿着校服出场了。

我一定要控制好自己的情绪。小木七想。

小木七手拿着有线话筒，站在舞台中间简单汇报姓名后，随着风琴伴奏开始演唱起来。

那动人的旋律，仿佛是山林里流淌出来的一条小溪，整首歌在小木七的演绎下，有了更多温情与温度。

台上坐着的各学校领导都非常惊讶，没想到一个孩子居然能把《酒干倘卖无》这首歌唱得这么好。他们都沉浸在小木七动人的歌声中，随着旋律的变化感受着歌曲中呈现的人生悲喜。

站在草坪上的上千名学生起先还吵吵闹闹，听着听着就安安静静了,除了彼此的心跳声,再没有其他的声音。

小木七敞开自己,大胆歌唱,任眼泪"哗哗"直流。

歌曲唱完了,整个草坪还处在安静中。小木七说完"谢谢各位老师和同学"走下舞台后,在场师生才想起应该鼓掌。雷鸣般的掌声持续了两三分钟,如果不是杨贵州校长站起来示意停下,还不知道会持续多久呢!

最终,小木七拿到了歌唱组第一名。

这天,天气无常,先是艳阳高照,然后乌云遮天,再然后下起瓢泼大雨。小木七拿着奖状走到尼姆希望小学时,整个人都被雨打湿了。全班同学在王峰老师的组织下,站在校门口迎接小木七。

王峰老师拿了一套没有穿过的校服,让小木七回住处换下淋湿的校服,然后到教室里参加庆祝会。刘二虎、卢八美等同学非常高兴,仿佛自己获得了第一名。他们在王峰老师的组织下,准备了一些瓜子、花生,把教室里的课桌摆成四方形的围桌,并在黑板上写下"小木七不负众望"七个大字。

小木七跑到学生宿舍换完衣服后,一颗心突然痛了一下。他开始心神不宁起来,似乎丢失了什么东西。他来到教室门口,走进去坐在主角的位置上。王峰老师还没有讲开场白,山上牛头书记的老婆阿尼嫂就跌跌撞撞地跑进教室来。

阿尼嫂一边啜泣一边大声地喊:"木七,姆吉奶奶滚岩了! 你和刘二虎快点儿收拾书包跟着我回家去!"阿尼嫂后面跟着卢八美的母亲何秀丽,也小声地啜泣着。

天哪! 真是晴天霹雳! 小木七的脑袋"嗡"的一声,一下子蒙了。

"奶奶应该在山坡上除草呀,怎么就滚岩了? 啊……"小木七简直不敢相信自己的耳朵。

准备开场白的王峰老师在黑板前呆住了,准备高高兴兴举行庆祝会的全班同学也一下子愣住了。他们用关切的眼神直直地望着小木七。

另一边,阿尼嫂和何秀丽也在神色慌张地等着小木七。

"奶奶不会有事的,不会有事的!"小木七突然像疯子似的大喊大叫起来。

小木七不知从哪里来的那么多眼泪,"哗啦哗啦"的,像夏日里急促的暴雨"噼里啪啦"往下落。

小木七顾不了什么形象不形象的,一边哭一边把课本塞进书包,然后跟着阿尼嫂她们急急忙忙往家赶。

小木七身后,刘二虎和卢八美也急急忙忙地跟来了。刘二虎和卢八美身后,王峰老师和同学们也都跑出了教室。

第六章

凉山少年

1

走出校门后,小木七就放声哭开了。

刘二虎跟在小木七后面,也放开声音哭起来。

何秀丽啜泣着对阿尼嫂说:"也许上天保佑,只是轻伤呢?"

阿尼嫂啜泣着回答:"已经听到三四个人口径一致地说了,是摔死了!"

"唉!木七还这么小,杨洪邦又在山外……"何秀丽无比伤感地说。

小木七一直哭,刘二虎和卢八美也一直哭,越哭越大声。小木七的脑海里不断浮现姆吉奶奶慈祥的面孔和姆吉奶奶走在山路上背柴火的身影……啊!小木七的脑袋要爆炸了!

小木七不知道什么时候爬过核桃树休息地,什么时候走到凉山上的山埂的。一路上,小木七好像遇到了一些人,他们似乎对他说了一些安慰的话。可是,小木七的大脑里一片空白,什么都听不进去。

他们急急忙忙往家里赶。赶到家里时,小木七家从院子到屋子都被早已匆匆赶来的凉山上的热心人站满了,有小木七认识的,也有他不认识的。由于人头攒动,小木七一时间没看到自己的奶奶。他一边哭着一边从门口往里面挤。不知谁说了一句"杨木七来了！他是姆吉奶奶的孙儿"，拥挤的人群才给小木七让出一条道来，直接通到姆吉奶奶躺着的屋子。

小木七三步并作两步走进去。啊！这就是我的姆吉奶奶吗？小木七跪在姆吉奶奶面前咆哮起来。姆吉奶奶全身沾满鲜血，大口大口地喘着粗气。她闭着双眼，鼻子里、嘴巴里还在不停地冒出血水。啊！小木七跪在血肉模糊的姆吉奶奶身边，大脑昏昏沉沉，几乎就要倒在那里。

小木七全身颤抖着，哭出的声音开始变调。

"奶奶呀……嘤嘤……奶奶呀……您起来呀……您说话呀……嘤嘤……"小木七趴在姆吉奶奶身上悲痛欲绝地哭着。那一刻，他多么希望自己能够拥有一种神奇的力量，让奶奶一下子恢复健康；那一刻，他恨不得自己能一下子长大；那一刻，他多么无助，多希望躺在那里的不是奶奶，而是他自己——如果真能这样调换，小木七一百个愿意、一万个愿意啊！

"木七！木七！让一下，医生来了！快让医生给奶奶检查检查伤势。"一个声音从小木七的头顶上叫道。

他不是别人，正是牛头书记，凉山上身材高大的男人。

"木七，别再哭了！没死，你奶奶没死！医生一定可以救活她的！"说这话的人是黄九斤的父亲巴德。

于是，小木七被人从姆吉奶奶身上扶起来，退在了一边。

扶小木七的不是别人，是凉山上的傻大头。傻大头听说姆吉奶奶在弓山玛尼坡滚岩了，就从山埂下赶上来了。他傻里傻气的，虽说平日里喜欢欺负姆吉奶奶和小木七，但心眼儿还是好的。

听说医生可以救活奶奶，小木七小小的心灵得到一点儿安慰。一大帮男人上前扶住姆吉奶奶的肩膀，医生先给姆吉奶奶输上液，然后开始仔仔细细地给姆吉奶奶检查伤势。

过了好一会儿，医生说："只要熬得过今晚，也许就可以救过来。"

这时，天早就黑尽了。人越来越多，在山上住得较近的族人们全都到齐了。小木七一直守在姆吉奶奶身边。姆吉奶奶身下铺了一张旧草席，她静静地躺着，一动不动。

姆吉奶奶似乎很累很累，这一刻抛开尘世的烦扰休息了。她还是闭着眼，头顶上高挂的药瓶里的药水一滴一滴通过输液管流进她的血管，原本粗重的气息平缓了些。

姆吉奶奶一直那么躺着，似乎也没感到疼痛。小木七的眼泪呢，可能已经流干了，想着未知的明天就感到茫然。万一姆吉奶奶成了植物人或者一睡不醒，我该怎么办呢？他想。

不知不觉中，小木七睡着了。在梦中，他采摘到月宫里长生不老树的叶片。他从神秘的月宫一路艰辛地往家赶。一路上,他战胜了豺狼虎豹,战胜了吃人的大蟒蛇,战胜了专门啄人眼睛的鬼鹰,战胜了妖魔鬼怪……他一路咬紧牙关拼命地往家里赶……啊!可是,回家的路为什么那么长?他一直走啊走,腿都走酸了,脚板心都走痛了,可还是没回到家,感觉家离他越来越远,似乎他是朝着家的反方向走。他身上揣着长生不老树的叶片,很想胳膊上生翅飞回家中,可是离家却越来越远了……

突然,天色暗下来了,狂风吹起来了,暴雨也下起来了!天哪!回家的路啊,它在哪里?

这时,有个熟悉的声音在喊小木七的名字:"木七!木七……"

这不是阿尼嫂的声音吗?"奶奶,您在哪里?您在哪里?我为什么看不到您?"小木七感觉到有个人把他抱了起来,然后看到天亮了——风停了,雨也停了。

"木七,你要吃点儿饭吗?你好像到现在没有吃一点儿饭呢。"

原来阿尼嫂把小木七抱到里屋的床上去睡了。一直跟小木七说话的不是姆吉奶奶,而是阿尼嫂。她看到小木七醒过来了,便关心地说。

小木七从床上坐起来摇了摇头,算是回答阿尼嫂。"大妈,我奶奶她咋样了?"小木七问道。

"你奶奶没事,你家向来只做好事不做坏事的,所以老天爷一定会保佑你家的。"阿尼嫂说。

小木七的心宽慰了一下,但看不见奶奶他还是不放心。所以,小木七起床后,又坐到奶奶那边去了。

堂屋里人声鼎沸,有的在喝酒,说着一些豪迈的酒话;有的在聊天,聊一些与姆吉奶奶的伤势无关紧要的话题。火塘里的火烧得旺旺的,就像白天一样明亮。姆吉奶奶的身边只有何秀丽一直在那里坐着。她一边坐着一边小声地抽泣。她看到小木七来了,便给小木七挪出一小块位置来。

何秀丽抚摸着小木七的头,一言不发。其实,她根本不需要说什么话,因为她想说的话小木七心里早就知道了。

"何阿姨,我们不用互相安慰,一切灾难都会过去,一切好运也都会到来。"小木七在心底里悄悄地说。

不一会儿,小木七就听到公鸡的啼唱了。天马上就亮了,小木七想,啊!奶奶,您可要坚持住啊!只要您坚持一晚,就可以被救过来了!医生?医生哪里去了?小木七与何秀丽一起坐着,脑海里尽是一些奇怪的想法。其间,火塘边坐着的族人也偶尔过来看一下姆吉奶奶的伤势。他们坐回火塘边时,大声地说道:"没事了!应该没事了!"

"只要没有恶化,她的一条命就算从鬼门关捡回来了。"

"她平时身体那么好,这点儿伤没有问题的。"

…………

小木七和何秀丽坐在姆吉奶奶身边,静静地听他们谈论,心里时而安慰时而失望——安慰的是他们说的尽是好话,失望的是姆吉奶奶还一直躺着。

第二天,赶来看望的族人有些还是没有回家。姆吉奶奶醒了一次,但没一会儿又睡着了。昨天没来得及看望姆吉奶奶的亲戚们也陆续赶来看望。小木七家像赶场天的凉山镇街道般拥挤热闹。

到了太阳落山的时候,小木七还没有吃一口饭。阿尼嫂和何秀丽一直不停地煮饭,可她们只想到不让前来的亲戚们挨饿,没想到小木七没有吃饭,就连她们自己也没来得及吃饭哩!

小木七的头一阵一阵地痛,望着深蓝的天空一次次发呆、发问——老天爷啊,怎么会变成这样?怎么会变成这样?可是,天空无语,小木七的忧伤与无奈无人回答。

2

热闹了十多天,姆吉奶奶的伤势终于有所好转了。所有的亲戚和族人都回家后,小木七家就变得安安静静、冷冷凄凄了。

小木七想成为音乐家的梦想只能成为幻想了。黄昏的风轻轻地吹来,吹在他的脸上、身上,有一种无法言说的痛在心中悄悄蔓延……他想哭,却似乎没有眼泪。

小木七坐在苞谷秆堆上,迎着黄昏的风,一边用绳子捆扎苞谷秆,一边冷冷凄凄地唱起《孤儿约呷》:

孤儿约呷哟,

可怜的孩子,

不满三月就没了爹,

不满三岁就没了娘。

孤孤单单没去处,

哪天才能熬出头?

小木七唱着,一度流干的眼泪又前呼后拥地冲出眼眶。他想,如果奶奶没有救活过来,那他就成为现代版的孤儿约呷了。

苞谷秆捆好后,他站起来伸展了一下疲倦的身体,深深地叹了一口气。他想,奶奶一定在家里望穿秋水般等着他去照顾呢。他背起两大捆苞谷秆往家里赶。

就算提心吊胆,作为山里人家,也不能天天沉沦在自己的心思里。整个夏天,阳光是那么热烈,小木七与小伙伴们每天一起上山打柴。

"山子,你昨天在阿洛森林里拖柴时看见咱家那头牛了吗?"姆吉奶奶躺了一个月,受伤的身体好多了。她坐在门框边煮着一锅洋芋,转过脸来时看到小木七要出门。

"奶奶,昨天我没在阿洛森林里拖柴。我和九斤他们一起到孤吉森林里去拖的。"开春后,小木七家喂养的牛就赶到阿洛森林里去敞放了。

"哦,今天你可不要再去孤吉森林拖了。那个地方太偏远,不安全,你还是到阿洛森林里去拖吧,也好顺便看看咱家的牛是否健壮,需不需要喂盐水。"

"好的,奶奶,我今天就去阿洛森林里拖!"

小木七心里就算有一千个不愿意,但嘴里却有一万个不敢说。

"干脆你顺便带半包盐巴去,牛需要喂盐水的话,你就拿个胶布口袋提半袋水和好后喂它。"小木七已经走出门槛了,姆吉奶奶又说。

"好的,奶奶,我这就找胶布口袋和盐巴去。"小木七心里想,姆吉奶奶也真是麻烦,上老林拖个柴也附加这样那样的事。

　　小伙伴们肯定到孤吉森林去拖柴了！一路上，自己孤零零一个人，就算大白天的不会遇到什么危险，但没有一个说话的人，也怪寂寞的。想到这些，小木七的伤感就一阵一阵地在心里发芽。他从家里气鼓鼓地出来了。

　　从瓦果山埂到阿洛森林，首先必须爬上一座叫妮南的像野猫的鼻子一样的山，待翻过了妮南山，才可以到弓山大草坡。越过大草坡，才是阿洛森林。小木七像自己所想的那样，一路上确实没遇到去阿洛森林里拖柴的伙伴。他一个人孤孤单单、百无聊赖地走着。

　　山路都是七八十度的陡坡，每走一步都很费力。小木七走十几二十米就歇一次脚。只要有个阴凉处，不管累不累，他都要坐一下。仿佛，他是专门享受一个人行走的乐趣的。渐渐地，他心里就有了点儿小小的痛快与惬意！

　　一个人走，其实也没那么寂寞。他想。

　　周围，野蝉的鸣唱声伴随着鸟儿的呼朋唤友，像肆意流淌的阳光般倾泻。不知不觉中，小木七心底里隐藏的埋怨与委屈逃走了。似乎，他心底里不曾有过什么埋怨与委屈，开始想起一些开心的事来。

　　这一路除了小木七，没有其他人。这一路的世界，以及所思所想，都属于他一个人了。他开心极了！他像小鸟找到自己的天空，像鱼儿找到自己的池塘，像野兽找到自己的森林。他属于自己了。

他顺着去阿洛森林里的大道一路往上爬，首先穿过了妮南山，在嘎平河洗了手洗了脸，还喝饱了水。然后，他才爬上弓山大草坡。

小木七坐在大草坡休息地歇了一阵脚，然后继续向阿洛森林爬。

路上，一只布谷鸟在小木七附近的林子里一直"布谷布谷"地叫着。他想，播种的季节不是已经过了吗？但他又想，听说这布谷鸟是好心人死后变的，所以不应该责备布谷鸟。

由于布谷鸟跟着一直唱，所以小木七就想到一首关于布谷鸟的民歌：

> 春天到来的时候你飞过千山万水，
> 来到山明水秀的凉山歌唱。
> 你的歌声山上放牧的人听了，
> 牧鞭停在空中；
> 山下挖地的人听了，
> 锄头扛在肩上……

布谷鸟是冬天过去、春天到来的象征。布谷鸟啼叫的时候，百姓们的心里就像吃了蜜糖一样甜蜜。百姓们知道，新的一年来了,新的希望就来了。然而,当小木七唱到"唉,布谷鸟哟……"时,他心里的滋味怪怪的。一个人活着总会有些许无奈,时代的存在不也有很多无奈吗?人类所生活着的这个世界,有富得流油的人家,也有穷得只有一条裤腰带的人家。小木七一边想着一边小声地唱着,没过一会儿,就到磐石碉楼下了。

磐石碉楼是一座高高耸立着的大磐石,有三四层楼那么高。因为从很远的地方观看,它很像一座大碉楼,所以才被称为磐石碉楼。传说中,磐石碉楼里面有成了精的青蛙和蛇。

小木七站在磐石碉楼下,一抬头就可以望见阿洛森林。

太阳照在身上,让肌肤针刺般一阵一阵地疼。

站在磐石碉楼上,可以望见织布山和豁口山。阿洛森林是凹陷在杨家山、织布山和豁口山这三座山中间相对平坦的谷地。小木七只需一眼就可以看完整个森林。从豁口山到阿洛森林,中间隔着一大片草坡。小木七家的牛,还有山上各家各户的牛,都敞放在那里。此刻,那成百上千头牛和成百上千匹马有的低着头啃草,有的在互相追逐嬉戏,有的向着远处呼唤亲人。小木七因为爬了一上午的山又累又饿,所以坐在森林里吃了几个煮洋芋,歇了好半天工夫后,才开始寻找他家的牛。

然而，小木七的运气似乎不好。他在森林里寻找了老半天，别家的牛倒是看见不少，但就是没有找见自家的牛。他想，干脆先到森林里把木材拖来再找。

　　小木七在阿洛森林里转来转去，转了三四圈也没有找到一棵他喜欢的木材。最后，他砍倒一棵梧桐树，砍去树枝后就用牛皮绳系着拖回家了。回家的路上，他又找了一会儿自家的牛，但还是没有找见。

　　小木七想，晚上肯定要受到奶奶的责骂了。他心里突然产生哀伤的情绪，但太阳已经偏西，他只有抓紧时间往家里赶。不然，他可能连柴火也拖不到家里。那样的话，姆吉奶奶就更加生气了。

　　路上，小木七没有遇到一个熟人，还是孤孤单单的，心里面有过的那点儿小小的痛快与惬意也跑得无影无踪了。他觉得自己太寂寞了。

　　在弓山大草坡上，有七八个敞开野放的牛和马的蹄子踏出来的小水凼，其中一个有两三亩地那么大。小木七曾经和伙伴们一起在那里游过泳、洗过澡。现在，在明亮刺眼的阳光下，它像一面镜子，通体散发着银色的光芒。小木七又热又渴，很想跑到里面洗个澡。但是，那么大一个草坡，就他一个人，万一溺水了，不是找不到什么人来救命吗？于是，他拖着半弯曲的木材从水凼旁经过，终究没有停下来。

小木七一直低着头把木材拖到妮南山脚下，才坐在木材上休息，拿出煮洋芋吃了几个。

他抬头望了望坡度有八十度左右的妮南山大道，一时间脑袋晕乎乎的。这样高的坡度，望一眼就可以把人望晕了。他不仅头晕，脚也软起来。抬头望了一眼，他的力气就被消去了一半。

"哞——"

一头毛色金黄的母牛在小木七下方的一片树丛里叫唤。小木七仔细辨听了那声音，似乎有些熟悉。他想，难道是自家那头母牛？他走下去近距离一看，呵！可不就是吗？正是他家那头三岁多的母牛！他左顾右盼地找了找，不一会儿，又找到了离母牛不远的小母牛。于是，他高高兴兴地拿出从家里带来的盐巴倒在胶布口袋里，到旁边的水凼里用手捧了几捧水在里面喂给母牛。

他心情愉快多了，拖起沉重的木材开始爬山。

那么高的陡坡，那么沉的木材，小木七爬啊爬，爬七八米就休息一次。他汗流浃背，汗滴像下雨一般"嗒嗒嗒"地一路落着。已偏向豁口山的太阳呢，这时候也更加炽热了。小木七在心里狠狠地对自己说："我要努力！努力！再努力！我要争气！争气！再争气！如果有机会，我一定要好好读书！我要有出息，不要这样累死累活！"

小木七从心里斥责自己学习不够用功，不一会儿，肩膀上压着的已不再是沉重的木材了，他把它想象成逼他走向辉煌人生路的先祖之灵。他歇一口气爬一阵，没一会儿就爬到了离妮南山顶只有四五十米的山崖下。

"哟！一个读书娃还可以拖那么大一根木材呀！"山崖下的阴凉处坐了三个人，一个人是黄九斤的哥哥拉拉，一个人是刘二虎的哥哥大虎，一个是卢八美的哥哥医国。

"你们拖来的木材才让人羡慕呢！"小木七把木材倚靠在山崖上，走过去仔细看了看他们三个人的木材，"你们看，你们的木材笔直又粗壮。"说着，他便走回来与他们坐在一起休息。

"你咋个不跟着九斤他们到孤吉森林去拖？"拉拉问小木七。

拉拉二十来岁，两只眼睛亮亮的，两片嘴皮子薄薄的，下巴尖尖的，身体瘦瘦的。他穿着一件蓝布上衣和一条黑色裤子，外面套着一件垫背用的破烂的厚坎肩。

"奶奶叫我今天到阿洛森林去看牛，顺便把盐水也喂了。"小木七说完，望着不远处的织布山，听他们讲话。小木七听奶奶说过，只要太阳偏西，织布山上就有神兵操练队形，只要你仔细辨听，就可以听见"嘿呵嘿呵"的声音。当然，他并没有听见什么"嘿呵嘿呵"的声音。

他们三个人在闲聊天，你一句我一句的。他们说，公路马上就要修到山上来了,极有可能修到阿洛森林里。如果真是这样,以后拖柴就不用那么吃力了。他们还说,凉山早就实施"精准扶贫"政策了,按照政策,山上的人会搬到山下去,只是不知道什么时候搬到山下。如果能搬到山下,小孩子们读书倒是方便了,但离山上那么远,拖柴种庄稼就不方便了。小木七不知道什么是"精准扶贫"政策,但知道一切会越来越好。如果父母能回来就好了。他想。

想着想着,小木七看到太阳就要落下了,就独自一人拖着木材往山上爬了。

小木七虽然只有十岁,但在家里算是唯一的男子汉。他照顾好奶奶的同时,也要把家里的农活儿干好,不然,别人家吃饭喝汤时,他和姆吉奶奶就只能守着火塘干瞪眼了。他当家三个月后,姆吉奶奶的身体就恢复一大半了。他们祖孙俩一起收割完地里的苦荞和燕麦,挖完地里的洋芋和萝卜,天气就转凉了。

也许,秋天就在路上了。

3

收完庄稼后,散放在山上的牛就该赶回家了。

小木七趁着背柴的时间，把家里喂养的一大一小两头牛赶了回来。大母牛是姆吉奶奶从牛头书记家借来喂养的，大母牛产下的小母牛一家一半。如果再养一年，大母牛再下一头牛崽的话，小木七家就可以分得一头小母牛，以后母牛继续产崽，财富就慢慢积累起来了。

　　姆吉奶奶坠岩时，前来看望的亲戚朋友都给了钱，但医疗费借了一千块钱。这一千块钱对富有的人家不值一提，但对小木七这样的家庭可以说是天文数字。

　　这天，小木七把牛赶到弓山右侧一片长满刺笼的灌木丛中，然后一个人坐在土埂上。他听到山下有机器轰鸣的声音，想着也许是公路真修到山上来了。

　　如果公路修到山上来了，按那天拉拉他们说的，山上的人搬到山下去住的日子也不远了。当然，这一切不是小木七能够决定的。

　　小木七坐在土埂上，先是扯了一片刺笼上的嫩叶含在嘴里吹奏，吹了一会儿觉得没啥意思，就取出布袋里的镰刀，到刺笼边找来一根干了的竹子，开始研究做笛子。

　　山上的人喜欢吹奏一种笛子，就是用细小的竹子制作出来的，山下的人称这种笛子为竖笛，山上的人倒是把这种笛子称为咬笛，因为吹奏的时候要斜咬在嘴角边。

　　傻大头傻里傻气，制作民间小乐器却很厉害。姆吉奶奶

149

受伤期间,他上来帮忙提水煮饭,顺便教会了小木七制作竖笛。当时,小木七心中只有奶奶的伤势,没有心思去想竖笛的制作。现在,姆吉奶奶的身体恢复得差不多了,小木七就想起傻大头教过的竖笛制作方法了。他捡来枯枝,在刺笼旁边燃起一堆火,把身上带着的一根铁丝放在火堆里加热。

小木七一边烤火一边用镰刀削竹子,把竹子削成大约二十厘米长,用手指头比画一下,在钻孔的地方做好标记。制作竖笛最重要的地方就是嘴巴咬住的那头,用镰刀削尖后,留下一小段即可。

小木七削好竹子,火堆里的铁丝刚好也烧红了。他用铁丝在竹子中间烧出六个孔,用嘴吹去炭灰后,用一张小帕子把竹笛摩擦干净。

小木七咬着竹笛试了试音质,觉得还没有达到理想的效果。

可能是孔眼的原因,他想。他用烧红的铁丝把孔眼重新钻大一点儿,用嘴吹去上面的灰尘。"这次应该没问题了。"他自言自语道。

一阵山风吹来,在刺笼背后的土埂下,小木七坐在火堆边,坐正姿势,深吸一口气呼出,再咬紧竖笛。云雾在远处,山林在静默。小木七坐在土埂上,内心深处有太多的表达,手上的笛子却不知道怎么表达。

他没有纠结于找不到表达，随着杂乱的心情吹奏出一曲杂乱的歌。

小木七反反复复地吹着，不一会儿就找到了节奏。

如果吹笛子的人吹奏的不过是自己，那小木七的一生就是最好的曲子。他来到世上才五六个月，还不能叫阿爸阿妈时，父母就离开家到遥远的山外去了。在姆吉奶奶的照料下，小木七一天天长大。如果没有那次走进大森林的经历，小木七可能不会知道天地间是有父母的。他穿着一件黑色披毡离开凉山，第一次来到山外的小镇，然后到宜宾城、成都等。他在城里第一次有了新衣服穿，第一次看到高楼大厦，内心的变化是巨大的。后来，他回到山里，到尼姆希望小学读书，成为"小音乐家"，受到凉山镇各校师生的喜爱，精神世界在不断丰富，但现实是奶奶坠岩后，他又回到山上做了小当家的。小木七想到这些辛酸与无奈，笛声的起伏与曲折就出来了。

不过，一个人活在世上，不能总活在过去的艰辛里。吹奏到一半的时候，小木七想，一个人活着就应该不断给自己梦想，让梦想尽量美丽可爱，只有这样人生才情趣盎然。想到这些，小木七吹奏的第二段曲调就出来了。他是山野的精灵，每天生活在大山深处，天上的白云和山间的流水都是他亲密的伙伴。他走在山林里，看到啄木鸟医治生病的树木，蚯蚓疏松地下的黑土,老虎与豹子维持着森林的秩序。小木七在溪水边看到温顺的小鹿,一边喝水一边抖动身子,那模样陶醉而惬意。这是山里的快乐,在第二段曲调里表现得淋漓尽致。

山上的无奈与忧伤有了,简单与快乐也有了,那就应该吹一吹凉山少年的梦想了。

如果小木七没有到尼姆希望小学上学,他就永远不知道一个人的一生中还有一种叫梦想的东西。如果没有走出过大山,见到过有钱人,小木七就不会知道什么是穷人,什么是富人。在凉山,关于贫富只分两种,一种是吃得饱饭的,另一种是吃不饱饭的。一年四季能吃得饱饭的,不一定是有钱人,反之也一样。

小木七和姆吉奶奶家徒四壁,除了五六只鸡和一头牛,没有其他财产。但是,他们能吃得饱饭。小木七和姆吉奶奶一年下来能收进屋里的粮食不多,但只有两张嘴,每天需要的粮食少。

在没有农活儿的冬天,祖孙俩一天五六个烧洋芋就可以打发,再加上一些平时腌制的野菜,也算是美味可口。

山上大部分人家表面看起来劳动力多,一年四季收进屋子里的粮食不少,但只要到了五六月份就会青黄不接,只能靠山野里的野菜充饥。这是因为一家子都能吃,一顿饭下来就可以消耗掉小木七家五六天的口粮。

如果吃得饱饭就是富有,那么小木七家就是富有人家。这是小木七小时候的想法。

小木七见过世面后,知道吃饱饭的不一定是富有人家。某种程度上来说,一个人吃得饱或者吃不饱,差不多都是穷人。

凉山是小木七梦想的起点,他从这里走向外面的世界。小小的竖笛咬在小木七的嘴里,吹奏出来的曲子跌宕起伏,仿佛是凉山的山路。山路是曲折的,梦想也是曲折的。小木七用空灵的音律表达梦想,一串串音符在静默的群山间和游荡的白云上飘浮。

一首叫《凉山少年》的曲子吹出来了,但还没有想到合适的歌词。

如果曲子是翅膀,那歌词就是身体。没有翅膀的身体飞不起来,没有身体的翅膀无所依从。小木七学过的歌曲很多,但让他写一首歌词,却不一定能写得好。他认真吹奏五遍后,开始思考歌词。

他想了很久,写下歌词:

　　野棉苕熟了,

　　铺开山野的童年,

摇晃枝头的幸福，

飘溢燕麦与苦荞，

用爱喂养，

心怀慈悲。

燕舞莺歌，

阳光刺穿孤独，

索玛花开满山坡，

远方是一种力量。

少年呀，放下畏惧心，

勇敢迈出自己。

我是凉山少年呀，

身是大山的琴键，

无论春夏秋冬，

奏响明天。

小木七松了一口气，把歌词和曲调对应着哼唱了三遍，有点儿感动，但还不是自己想要的味道。他想，凡事都需要一个过程，一首歌的作词、作曲很难一气呵成。

这时，天色暗下来了，一天就要过去了。

小小的竖笛咬在小木七的嘴里,吹奏出来的曲子跌宕起伏,仿佛是凉山的山路。山路是曲折的,梦想也是曲折的。小木七用空灵的音律表达梦想,一串串音符在静默的群山间和游荡的白云上飘浮。

小木七把竹笛放进布袋里,把镰刀拿在手上,简单处理一下火堆后,就去寻找两头母牛了。也许是太专注于竹笛的缘故,小木七从火堆边站起来时,两头母牛已经不知去向。他学着母牛的"哞哞"声一路叫一路寻,却没有发现母牛的身影。他担心母牛会走到悬崖边的岩路上去,如果那样的话,母牛在转身的时候就很容易坠岩。他一颗心怦怦直跳,找遍了三处悬崖,还是没有找到那两头母牛。

　　小木七没有找到母牛,姆吉奶奶倒是拄着拐杖找来了。

　　姆吉奶奶一边喊着小木七的名字一边往山坡上走来,就要走到悬崖边的时候听到了小木七呼唤母牛的声音。姆吉奶奶又是高兴又是生气,高兴的是找到小木七了,生气的是小木七放牛不认真,每次放牛都是牛走丢了后再四处寻找。

　　姆吉奶奶提高嗓门喊:"山子! 傻山子,你快回来吧,咱家的两头牛已经自己回家了! "

　　小木七听到姆吉奶奶的喊声,既高兴又惭愧。他从悬崖下面爬上来找到姆吉奶奶,辩解说:"一个小时前它们还在我前方的草坡上吃草,一晃眼就不见了。这两头牛简直会法术。"

　　姆吉奶奶没有跟小木七说两头牛已经回来两个多小时了。她知道小木七喜欢走神,特别是上学后走神更厉害了。小木七也没有跟姆吉奶奶说自己写了一首歌。

　　此后一个月,凉山修通了公路,那些蜿蜒陡峭的山路一天天消失了。天气变冷了,寒风在山坡田野肆意游走。小木七每天的任务是放牛,布口袋里面装着一把镰刀、一盒火柴、一支竹笛,走到哪里他就把竹笛吹到哪里。小木七创作出来的《凉山少年》,无论是曲调还是歌词,不再像先前那么粗糙,而是变得细腻多了,令人听后内心充满力量而又有一丝悲凉。

年前,山上的树木像往常一样红的红、黄的黄,色彩斑斓,像一幅水彩画。虽然没有下雨,但天是灰蒙蒙的。杨贵州、王峰、白阿乌和牛头书记顺着新修的公路来到瓦果山埂,来到小木七家,针对姆吉奶奶的生活问题和小木七的读书问题商量了一天,却没有商量出结果。姆吉奶奶生活可以自理,但下地干活儿还是吃力。如果小木七去读书的话,姆吉奶奶的生活就是个大问题。

牛头书记说:"要不,我们把姆吉奶奶纳入'五保户'?"

杨贵州沉思片刻,说:"可姆吉奶奶有儿子儿媳,这样的老人不符合'五保户'的标准。"

王峰坐在墙角,不无可惜地说:"杨木七虽然学习成绩不好,但音乐天赋突出。如果他不继续读书,这上天赐予的才华就会被埋没掉。现在,山下的人没有不知道杨木七的。"

小木七抱了一堆柴火进屋,把柴火堆在火塘里燃烧起来后,就用簸箕装了些生洋芋丢进火塘里烤。

山上的人好客是出了名的,他们为人朴实真诚,就算来的是不熟悉的人也会煮饭给他吃。在很多人的印象里，山里来了客人，不是杀猪就是宰羊，还会把猪肉和羊肉切成拳头那么大，撒上一点儿盐巴，煮熟了就端给客人食用。山里人有一句俗语："客人不来，主人没有肉吃。"但是，像小木七这样的人家，客人来了就是烧一堆洋芋。他们祖孙俩平时吃的也是烧洋芋或者荞粑，家里喂养的几只鸡是万万不敢杀来吃的。姆吉奶奶和小木七所需要的油盐酱醋、针线布匹等全出自这几只鸡身上。

姆吉奶奶在火塘下方缝着一件蓝色的女装。她拿起针头一次次划过头帕边的发丝，一次次穿透布面，又从布面上拉出来。她看了看牛头书记，也看了看杨贵州，除了叫他们往前烤火，没有说其他的话。

白阿乌坐在姆吉奶奶旁边，摸了摸姆吉奶奶手中的衣服，好奇地问："奶奶，这样缝制起来很慢很累，还不如去镇上买一件。镇上的女装不贵，全是用机器缝制出来的，针脚细密，质地柔软，穿起来比自己缝制的舒服多了。"

"你就是阿乌老师吧？山子经常提起你，说你教了他很多歌，还教他弹琴。"姆吉奶奶两鬓斑白，说话不紧不慢，慈祥而温和，"这件衣服是我走的时候穿的，只能自己做。"

白阿乌不知道姆吉奶奶要去哪里，吃惊地问："奶奶，您要去哪里啊？"

"回家。"姆吉奶奶说。

牛头书记用眼睛瞟了阿乌老师一眼，说："每个人最后都要回家的,没有谁会长生不老。"

白阿乌"哦哦"两声,一张脸红红的。

洋芋烧熟了,一个个鹅蛋般大小的烧洋芋黄灿灿、香喷喷的,小木七用一节篾片刮去烧煳的皮子后,装在簸箕里放在了杨贵州、牛头书记、王峰和白阿乌面前。

小木七唱歌唱得好,烧洋芋也烧得好,杨贵州他们边吃边夸奖小木七。他们每个人吃了三个烧洋芋就吃饱了。

小木七吃了一个烧洋芋,从腰间摸出一支竹笛,说："杨校长、王老师、阿乌老师、牛头书记,这些日子我写了一首歌。"

阿乌老师眼睛一亮："你学会写歌了？"

"我是瞎琢磨。"小木七说。

杨贵州说："反正也商量不出什么好办法,干脆咱们先听听小木七的新歌吧！"

听了杨贵州的建议,王峰、白阿乌等人都表示赞同。白阿乌从手提包里摸出一部新买的手机,打开录像功能。她一边用手机对准小木七一边说："我把小木七这首新歌录下来,发到短视频平台上去。"

"阿乌老师,什么是短视频？"小木七盘腿坐在火塘外围,竖笛拿在手上。

那些年,山外的人早就玩上短视频了,但山里的人连手机都没见过几次。在山上,就牛头书记有一部黑乎乎的手机,因为是老年机,只能用来接打电话,不能看视频、听音乐,更别说玩什么短视频了。阿乌老师是在县城长大的,家就在县城里,山外的新鲜事物总能第一个接触到。那些年,短视频平台上还没有直播带货的,但已经有打赏了。由于凉山镇还没有移动信号塔,阿乌老师就在县城办理了一张流量卡用来上网,以此获取一些山外的信息。

还没等阿乌老师开口,杨贵州就抢先一步说道:"其实就是小视频。"

"对!就是小视频。"阿乌老师灿烂一笑,"但这类小视频与过去的小视频不一样,它将是未来人们获取信息的主要渠道之一。"

"也许是真的,但未来的东西谁也不知道。"王峰了解短视频,但并不认可这种形式。

小木七痴痴地听了很久,问:"它有哪些优势?"

"传播信息快,获取信息直观、可信。"白阿乌说。

姆吉奶奶只知道播种洋芋、苦荞的季节,不知道他们说的这些。她呆坐了一阵,说:"小山子要成为名人了。"

杨贵州、王峰、牛头书记和小木七都没有把拍短视频这件事当回事儿,权当是一种娱乐。小木七咬住竖笛吹了一曲改编了数次的《凉山少年》,把山风的期待与失落、森林的纯真与无奈、溪流的柔软与坚贞,全都通过美妙的音律展现出来了。在小木七的带领下,阿乌老师和王峰老师一起唱起了《凉山少年》:

　　　　我是凉山少年呀,

　　　　身是大山的琴键,

　　　　无论春夏秋冬,

　　　　奏响明天。

　　当晚,白阿乌注册了一个新的短视频平台号,名字取为"凉山少年"。她还在手机上下载了一款剪辑软件,通过简单的剪辑与文字说明,把在山上录制的小木七的视频通过短视频平台发了出去。视频发出去一个小时后,留言就达到了一千多条。小木七照顾奶奶与编写歌曲的事,一个晚上就传遍了大江南北。姆吉奶奶安慰孙儿的话成了现实,小木七成了名人,还没到一个星期,全国各地的媒体就找上山来了。

　　小木七成网红了,成为凉山少年的代表了,姆吉奶奶的生活问题迎刃而解了,小木七返回学校读书的事也安排妥当了。

　　网络是个好东西,但也不一定什么都好。当以小木七为代表的山里孩子励志勇敢的信息在网络上传播时，负面消息也跟来了。网络上热心的人、好奇的人，把小木七的父亲杨洪邦和母亲李阿洛搜索出来了。他们在留言区恶意诋毁杨洪邦和李阿洛，说他们不该为了自己的生活而丢下年幼的儿子和年迈的母亲。他们还把杨洪邦和李阿洛的照片放到了网络上，谩骂的言语像潮水一样涌来。

小木七在阿乌老师的手机上第一次看到了父亲杨洪邦和母亲李阿洛的照片。他们身上穿着蓝色的工服，头上戴着黄色的安全帽，顶着烈日在某工地上搬砖。他们的日子可能过得不太好。当然，这些照片不知道是什么时候留下来的，也许已经过了一两年，或者过了八九年也说不定。

姆吉奶奶的日子好过些了，山外的人用汽车运来了大米、菜籽油、鸡蛋、面条等，还送来了山上缺乏的棉衣、棉裤和毛茸茸的长筒靴。小木七返回学校没多久，心里就有了预感，父母回来的日子应该不远了。

谁知道小木七的预感会不会准确呢？

第七章

春天来了

1

小木七成网红了。

山上的人知道小木七红了，但不知道是怎么红的。凉山之外，有些品牌的手机已经更新了好几代了，可凉山人还很少用过手机。他们虽然没用过手机，但知道手机是帮助人们联络的工具。过去，凉山人用拖长的声音呼喊，从这座山头到那座山头，从这条山沟到那条山沟，从这片山寨到那片山寨。这样说话、做事很费力，效果也不好。

小木七成为小网红"凉山少年"后，《凉山少年》这首歌就红遍大江南北了。在网络上，《凉山少年》被编唱成各种版本，最流行的莫过于一位农民工穿着工作服在工地上编唱的《凉山少年》：

> 工期要到了，
>
> 铺开收入的清单，
>
> 摇晃无助的眼神，
>
> 堆起辛劳与汗水，
>
> 用青春下注，

另一慈悲。

正值春节,听说小木七火了,牛头书记带上刘二虎来到了瓦果山埂。

山里的春节,有的人家过三天,有的过五天,春节里没有一家是下地干活儿的。山里有俗语说:"人生在世多艰辛,过年三天放开耍。"牛头书记不仅带来刘二虎,也带来一些逢年过节时才能见到的大块鲜猪肉和冻肉。他一边走进屋一边大声招呼:"姆吉奶奶、小木七,我们来给你们拜年了!"

姆吉奶奶从火塘边站起来,一边迎接一边说:"牛头书记啊,你是带来春天了,不是拜年。"

牛头书记和刘二虎在火塘边坐定,把手上的鲜肉和冻肉拿给小木七放进橱柜里。坐在火塘边相互问候几句后,牛头书记说:"我们父子俩今天是有事求木七来了。"

姆吉奶奶略感意外,但也知道什么是"无事不登三宝殿"。她用手挠了一下斑白的鬓角,说:"有啥事求不求的,山上的事就是大家的事,有什么事您尽管说。"

牛头书记牛高马大,时常帮助山上的困难邻居,比如像姆吉奶奶和小木七这样的人家。可是,轮到他求人的时候,还是有些不好意思。他有些口吃地说:"现在,木七是凉山上的名人了,唱歌唱出名的。刘二虎也喜欢唱歌,所以我想请木七看看能不能带一下刘二虎,让他跟木七一起出名。万一哪天给整个凉山带来好生活呢,这谁也说不定。"

姆吉奶奶知道小木七成了网红,但不知道什么是网红。她听说小木七出名了,也不知道怎么个出名法,心里一直好奇,但得不到答案。现在好了,牛头书记自己找上门了,还谈起怎么出名的事,她干脆就先了解一下什么是网红。

姆吉奶奶往火塘里加了几块柴,静静地说:"牛头书记啊,这段时间因为小山子的事,我很困惑。过去有打仗出名的,有大方出名的,有善良出名的,但没有一个是网红。小山子就唱了一首歌,按道理应该是唱歌出名了,但似乎也不是唱歌出名的。所以,我想知道什么是网红。"

对于网红,牛头书记也就听驻村干部刘玉国说过,似乎只要是手机用户,几乎每个人都知道的人就是网红。在凉山之外,百分之九十的人都有手机,每部手机上差不多都装了短视频应用程序,没事的时候就刷视频,刷到小木七的次数多了,小木七就红了。网红是新鲜事物,牛头书记无法说清什么是网红。他之所以关注网红,主要因为网红的人物是山上的小木七。

牛头书记挠着脑门想了很久,说:"网红嘛,就像一串辣椒,本来是青绿色的,但向阳的时间久了,一夜之间可能就变红了。"

"原来如此，"姆吉奶奶知道辣椒的事，"所以向阳生长比什么都重要啊！"

他们正在谈论怎样让刘二虎变成网红的时候，卢正云就带着卢八美上门来了。卢正云家在巴姑山坳右侧的山冈上，房后有一棵巨大的核桃树，蜿蜒而上的公路就从他家后面经过。他们父女俩本可以顺着公路一边散步一边上来，但他们习惯了走小路。他们顺着山埂上的小路吭哧吭哧爬上来了。卢正云三十六岁，头上包着一块黑布，皮肤黝黑，看起来像四十多岁。他手上抓着一只大红公鸡，一走进屋就把公鸡放在房门后，笑呵呵地说："牛头书记父子俩也在啊，也是来拜年的吗？"

小木七拿了两个矮凳给卢正云和卢八美，迎接他们坐到火塘边。小木七想，今年这是怎么了？牛头书记和卢正云两家跑来拜年是什么意思？一个人出名了，成网红了，左邻右舍就该跑来拜年吗？

牛头书记说："凉山难得出一个名人，大家前来拜年是应该的。"

卢正云坐定后直接说："除了拜年，也希望木七带着我家八美成为网红。"

"哈哈！我们想法一致。"牛头书记没有想到卢正云前来拜年也是这个意思，大声笑了起来，"我家二虎也想成为网红,正准备向木七请教呢。"

"看来我们的目的是一样的。"

卢正云尴尬地搓了一下手,说:"姆吉奶奶、木七,你们不会拒绝我们吧?"

姆吉奶奶不知道什么是网红,但知道什么是乐于助人。她拍了拍胸脯说:"我们祖孙俩在山上一直受到大家的照顾,现在能够帮助大家,那是我们的荣幸,怎么会拒绝你们呢?俗话说,'好食物大家一起分享才香甜'。好事情也一样,只有大家一起分享了,才会变得意义非凡。小山子,你就跟二虎和八美讲一下,怎样才能成为网红吧。"

小木七除了会唱歌,其他方面并不知道。他虽然在网络上走红了,但只知道自己变成了"凉山少年"——一名家境悲惨的山野小歌手,不知道山外的人怎么看待他。当然,他也不需要知道这些。

小木七摸了一下脖子,不好意思地说:"我只是写了一首叫《凉山少年》的歌,并用自己制作的竹笛吹了出来,不知道怎么变成网红的。但是我可以教他们写歌、唱歌。只要我们唱好了,其实是不是网红都不打紧,是金子总会发光的。"

牛头书记肯定小木七的话:"你们看看木七,成为网红后,说出来的话都不一样了。二虎和八美就按照木七说的,先学会写歌、唱歌,再让白阿乌老师帮你们录个视频发到网络上去。木七都红了,你们也没问题的。"

卢正云点了点头说:"我们父女俩带来了一只大红公鸡,本想拜师学艺来着,现在牛头书记都说没问题了,那就把它杀了庆祝吧!"

小木七、刘二虎和卢八美听说吃鸡肉,早就垂涎欲滴了。他们磨刀的磨刀、烧水的烧水、揉荞面的揉荞面,三个大人还在火塘边谈论怎么成为网红的事,小木七他们三个早就忙开了。他们搭好锅、烧好了水,把荞面揉成三个大荞饼放进开水里煮,然后等三个大人杀鸡。

山上杀鸡与山外是有区别的。牛头书记挽了挽衣袖,说:"我来杀吧。"

卢正云从门板后面把鸡逮来,直接蹲在堂屋中间说:"你是凉山的书记,不劳你亲自动手,杀鸡的事我来做。"

卢正云嘴上说着杀鸡,但也不拿刀子。他一只手揪住鸡翅膀,一只手掐住鸡的脖颈处。最开始,公鸡还挣扎了几下,随后就停止挣扎,垂下脑袋沉睡了。它沉睡了三五分钟后又奋力挣扎起来。卢正云笑了笑说:"这鸡啊,只有用力挣扎一次才会死去。"

姆吉奶奶说:"这叫回光返照。"

"也有可能是不甘心。"牛头书记说。

卢正云把公鸡杀死后,把公鸡翅膀上深红色的羽毛拔下来,叫小木七插到门框边的缝隙里。按照山里人的理解,大红公鸡是神物,身上的红羽毛是可以吓退孤魂野鬼的。

卢正云把公鸡收拾干净后,切成了一块一块的。姆吉奶奶把鸡肉放进锅里,又放了一些水和调料,就炖了起来。

鸡肉炖好了,大家围坐在一起,姆吉奶奶说:"我们今天杀鸡吃肉,就是为了庆祝三个孩子成为网红。来吧,大家一起吃吧!"

姆吉奶奶说完,率先夹了一块肉放到碗里,牛头书记和卢正云才动筷子。小木七、刘二虎和卢八美呢,不等大人们发话,就开始吃上了。毕竟,他们平时是很难吃到这么美味的肉食的。

后来,刘二虎和卢八美跟着小木七成了网红,他们还成立了一个歌唱组合,把山上好听的民歌改编成现代歌谣唱给网络上的粉丝。

令人意想不到的是,这年年末,牛头书记和卢正云的父亲卢大发也跟着小木七他们成了网红。山上手机用户越来越多,对网红这件事也不再陌生,但对网红的理解却越来越迷惘。

他们想,小木七成为网红,那是因为他唱歌唱得好。刘二虎和卢八美跟着小木七成为网红,那是因为小木七把他们带上路了。可是,牛头书记和卢大发成为网红就有些不可思议了。

　　姆吉奶奶身体不好,需要到镇上的卫生院去看病,但山上没有便车,牛头书记就带头背着姆吉奶奶往山下赶。他背着姆吉奶奶从土埂上下来的一段视频被发到网络上,一下子就火了。他被网友们称为"凉山最美书记"。

　　如果牛头书记的"火"还可以理解,那卢大发的"火"就令人费解了。卢大发是一位八十多岁的老人,瘦骨嶙峋,眼窝深陷,嘴里就剩下一颗上门牙了。他走红是因为一段笑声,视频里他身上穿着乌黑的粗布衣裳,脑门上缠着一圈花白细小的发辫,手上拿着一个老烟斗,就对着镜头哈哈大笑,整个人都笑开了,也不知道他为什么那么开心。他的笑声那么爽朗,让所有听到的人都深受感染。也许正是因为这一点,他才一下子成了网红吧。

2

　　小木七回到学校读书了,他心里特别激动。他又坐回大桑树旁边的教室里,又坐在窗子边缺角的课桌旁了。他穿着一套粉丝们寄来的银灰色的新衣服,肩膀上斜挎着一个草绿色的书包,里面装着几本教科书,继续读书生涯。

天气一天天变热,小木七身上的衣服也一天天薄起来。

衣服再薄,其实也降不了空气的热度。田野里,四面八方,热气一团一团,前面那团还没从你身边过去,后面那团就已追上来了。小木七坐在教室里,就像坐在甑子里一样,热得无法集中精力听老师讲课。

汗水从小木七的脸颊上、脖颈上、手臂上,一滴接一滴地落下来。它们黏糊糊的,打湿了小木七薄薄的衣服,衣服贴在他的皮肤上,让他很不好受。小木七等啊等,好不容易等到下课,刚把衣服脱下来稍稍晾干,下一节课又开始了。

星期一到星期五,每天都是六节课。小木七上课上得晕晕乎乎的,从教室上完课,一路小跑回宿舍,休息一会儿就到了吃晚饭的时间了。

由于白天变长,有时老师还会把小木七留下来做这样那样的作业。很多时候,小木七都是饥肠辘辘地做着作业。那时,小木七每天盼望的就是星期六。

星期六只上三节课,后面的时间就属于学生了。由于天气炎热,最大的享受莫过于找一条河沟在里面洗澡。清澈凉爽的河水溅落在火热的身体上,要多舒爽就有多舒爽!

那个星期,连续下了三天暴雨。山谷里,很多枯枝败叶或朽木烂桩都被雨水冲下来堆在沟壑里。沟壑里的雨水汇集成汹涌的河,等冲到河沟里时,差不多算是一条大河了。

小小的河沟被凶猛的洪水填满,一大部分洪水还漫延到河沟边的庄稼地里,带走了山民们辛辛苦苦种出来的庄稼。暴雨下了三天,洪水却泛滥了四五天。在凉山镇,到处都有洪水"哗啦啦"的急流。幸运的是,星期六那天太阳出来了。太阳还是那么烈,晒到哪里,哪里就疼,但小木七心里很高兴。他想,这个星期六他可以像往常一样到凉山河去洗澡了。

小木七等啊等,好不容易上完了两节语文课。

小木七感觉两节课像两个世纪那么长。第三节是音乐课,两个小伙伴建议小木七逃课。但是,他没答应。小木七虽然很想去河里洗澡,但不想因此挨批评。小木七是网红"凉山少年",如果逃课的话将会丢脸。他一分钟一分钟地数着时间,好像数了二三十次,漫长的第三节音乐课才结束。

下课铃响起时,小木七呼出了一口气,好像刚走完二万五千里长征似的。

凉山河在尼姆希望小学附近,离学校有三里多路程。小木七、刘二虎、黄阿古、兰嘎和阿几,他们一行五人抄学校背后弯弯曲曲的小路下到学校下方两百米处的山区公路上,一路说笑一路欢歌,高兴得无法形容。他们自己也不知道为什么那么高兴,似乎有一座金山在前面等着他们。

公路两旁是葱绿的苞谷地。地里的苞谷已长成两三尺高了，蜻蜓、蝴蝶、蜜蜂等在苞谷叶子上飞来飞去。还有各种雀鸟，在路边挺立的冬青树上找食。一只蝉不知躲在绿荫深处的什么地方，一直"知了——知了——"地叫着，也不知它到底知道什么……

小木七他们顺着公路，一个弯接一个弯地拐，当拐至凸起的弯道上时，就可以清楚地看到泛着灰色浊浪的凉山河了。

洪水持续三天后，源头是退了，但凉山河还没有恢复到洪水暴发之前的清澈与宁静。

"有可能洪水还没彻底退去呢，"黄阿古有些担心，"要是这样的话水流很急的。"

小木七说："你怕啥？我们都是游泳的好手！"

阿古想了一会儿，说："等会儿我们到了河沟边，先看看情况再说。如果河里有人在游，我们就游；如果河里没人游，我们就坐在那里耍。等我们耍够了再回家。"

兰嘎和阿几都同意阿古的说法。小木七觉得，阿古比自己聪明多了。

拐了七八个弯，他们就来到凉山河旁边不远的帕罗苞谷地了。站在帕罗苞谷地里，小木七他们看见架设在凉山河上的娲蒲桥。

那是一座石拱桥，二十多年前建的。他们走到桥上，看见桥上方自然形成的水潭里有三五成群的人在洗澡。水流很急,站在桥上,耳朵里尽是"哗哗哗"的流水声。小木七游泳技术不好,心里面有点儿害怕,但又不敢说出来——如果说出来,肯定会被笑话是胆小鬼的。他们站在桥上看了一阵,顺着桥上方隐隐约约的小路到水潭边去了。

平时人们洗澡的水潭被洪水冲刷得不像样子了。水潭两边堆满沙石,沙石上面堆满洪水从山上冲下来的枯枝败叶和朽木烂桩。小木七他们站在水潭边,看着别人在浑浊不堪的河水里游。

那些洗澡、游泳的人,大部分是尼姆希望小学的,有些是高年级的同学,有些是刚分来不久的老师。他们不惧湍急的河水,在河里游得自由自在。小木七、刘二虎、黄阿古、兰嘎和阿几看得目瞪口呆,似乎他们是来看别人游泳的。在河水里游得最好的是一位刚分来的老师,好像姓陈,他不是小木七他们班上的老师。

小木七他们站在旁边看了一会儿后,太阳似乎比先前更烈了。那些洗澡、游泳的人在河里玩得那么高兴,小木七他们也跃跃欲试起来,仿佛他们站在旁边看久了,已把那些人的本领学会了。

兰嘎说:"来都来了,要不我们也脱了衣服下去一起游?"

兰嘎的学习成绩中等,但他是四年级的学生,比较稳重,小木七他们喜欢与他交往。

"我们不太会游泳,要不你先去试试?"阿古狡黠地向小木七眨眼睛,"只要你试了没问题,我们就一起游。"

"你家住在凉山镇,有事没事天天到河里游泳。你游泳技术好,可以先给我们试探一下水流。"阿几附和着阿古说。

小木七和刘二虎倒是不开腔。如果他们当中有人敢下水一试,小木七想,他也肯定敢下水一试。小木七虽然游泳技术不是很好,但与一起来的这帮人比,也差不到哪里去。

"行,我去试后你们都必须来游噢!"兰嘎站在河水边想了好久才下决心,"我们一起来的,应该一起游。"

"当然!当然!只要你去试一下,我们全都来游。"阿古和阿几异口同声地说。

于是,兰嘎脱掉蓝色的运动鞋,脱掉灰色的短袖上衣和长裤,只穿一条裤衩儿就准备下水了。在下水之前,他用手捧了一些水洒在自己的关节部位上,然后才慢慢吞吞地向河的深处走去。走到河水差不多齐腰深了,他便往前一跃,向前游去。

兰嘎在河水里扑腾,又是蛙游又是仰游的,游得不亦乐乎。小木七他们呢,站在河边看得也不亦乐乎。不过,他们心里也隐隐担心,河水会不会把兰嘎冲走?如果万一河水冲走了兰嘎,应该怎么办呢?

他们是一群小孩儿,有时候,他们干了坏事却负不了什么责任。不过还好,兰嘎的水性极好,像那些高年级的同学和新来的老师一样,在湍急的河水中毫不畏惧地游着。

兰嘎游了半个多钟头后,高兴了,就到岸边来了。

他走到小木七他们身边说:"现在轮到你们一个一个地游了!河水我试过了,和平时没什么两样。"

小木七他们三个人,你看看我,我看看你,谁都没有说话。

"你们不游泳到这里干啥来了?难道你们来当观众吗?"兰嘎瞪着他暴突的眼睛,冲着小木七他们生气地说道。

"二虎先游!"阿古命令道,"不用怕,我爸是医生。"

阿古的意思是,医生可以让人起死回生。当然,也因为这句话,二虎鼓起勇气说道:"我先游就先游,怕啥?兰嘎不也好好的吗?"他说着就脱下了身上的白衬衣。

二虎像兰嘎一样,先站在河边用手捧了些水洒在关节部位上,然后向水潭中间走去,直至水齐腰深时才"扑通"一声向前游去。

二虎游得稳稳当当,一边游一边向小木七他们招手。

"看样子没事,我们别自己吓唬自己了!我们也下河去游吧！"小木七、阿古和阿几三个人几乎异口同声地说。于是，他们开始脱衬衣、裤子和鞋子。

"快救我！快救我！我游不出来了……我要沉下去了！"小木七他们还没有脱完衣服，刘二虎就在水中央呼救了。

他一边呼救一边不停地扑腾，一会儿浮出水面一会儿沉入水下。他"噢——噢——"地叫着，似乎呛了不少水。

"他在表演吧？以为这样我们就不敢下水了？"阿古刚把裤子脱下来，一边活动身上的关节一边指着二虎说。

"兰嘎……快救我！快救我！"刘二虎一会儿沉入水底，一会儿又浮出水面，一次次呼救。

"他好像真的呛水了！"阿几脱完了衣服，愣愣地站在水边看着。

"呛啥子水哦？他是装的！"兰嘎不屑地说，"我刚试过了，水和平时没什么两样。"

小木七也脱完衣服了，他看到刘二虎在水里使劲挣扎，觉得有点儿不对劲，便说："他不像是装的，我们赶紧想办法救人吧！"

"我们有什么办法？快想想！"阿古的眼珠子骨碌碌转动着说。

"要不我们去找根竹竿？"阿几提议。

"来不及了！等我们找竹竿回来，他肯定淹死了！"小木七焦急地说。

河中的刘二虎还在用力扑腾着,但他的力气越来越小。他沉下去的时间越来越长,浮上来的时间越来越短。

"你们咋个还不去救人?"水性很好的新来的陈老师正与高年级的同学一起坐在一块大石头上晒太阳,转头时突然看到水里扑腾的刘二虎,便大吼道。

说完,陈老师急忙从石头上跑下来,"扑通"一声跳进水潭里,向刘二虎游去。

他拉住刘二虎的一只手在河水里扑腾。由于水流湍急,他们一起被浪花打进水里又被打出水面。差不多过了五分钟,他才终于把刘二虎从水中拖上来。

他拖着刘二虎坐在岸边的时候,身上已经没有一点儿力气了。他的脸跟刘二虎的脸一样煞白。小木七他们和周围的人都吓坏了。刘二虎瘫坐在河边,上气不接下气地喘着,好半天都缓不过神来。

陈老师和高年级的同学你一言我一语地批评小木七他们,然后一个跟着一个地走了。陈老师临走时跟小木七他们说:"你们不要再游了。再游的话,可是要出人命的。"

小木七他们几个惊魂未定,听了陈老师说的话,他们更是后怕不已。如果他们发现得再晚一点儿,如果陈老师没有及时跳下水去救刘二虎,那后果真是不堪设想。

刘二虎瘫坐在河边,气息还没有喘匀,脸色依然煞白,又是害怕又是委屈。他害怕是因为自己刚刚差点儿就被淹死了;他委屈是因为自己在河里呼救时,岸边的小伙伴们居然不相信他真的呛水了,还以为他是装的,以为他在搞恶作剧。想到这里,刘二虎不禁委屈地哭起来。

小木七他们看到刘二虎哭了,赶忙围过来安慰他。他们心里也有些内疚,仿佛他们联合起来把刘二虎欺负了似的,从心底里不安起来。

"别哭了!别哭了!你一个男子汉,这样哭像个啥?"小木七装着大人的腔调安慰道。

"是啊,你那么大的人了,还哭鼻子?"兰嘎暴突的眼睛也显得温和了些。

"快看!那遥远的天边好像有一只山鹰在盘旋哩!"阿几转移了话题。

"山鹰好像很忧伤。"阿古望了望南方的天空,顺着阿几的话说道。

"谁知道呢?也许它只是肚子饿了。"小木七说。

刘二虎听了破涕为笑。他用脏兮兮的手背擦了擦脸,全神贯注地望着遥远的天边。

他们先是遥望南方的天空,后来转向西方的天空。

河风从河面上轻轻地吹来,不经意吹在身上,很是凉爽。

他们被太阳晒得懒洋洋的,太阳光在身上徜徉,让他们感到火灼针刺般疼。汗水一滴接一滴,在他们的鼻尖上、鬓角上闪烁。"哗哗"的流水声,似乎比先前来时小了。他们想,河水流动的速度也应该慢下来了。

"要不我们一起下去游泳?"兰嘎无聊地站了起来,"我一个人游很没意思。"

"可是,我们怕……"阿古的话说了半截,把没说的下半截咽了下去。

"怕什么?我在水潭中间给你们把关。"兰嘎睁大暴突的眼,振振有词。

"要不我们干脆想个办法,哦,对了!我们把衣服结成绳子,拴在腰杆上,然后把五个人连在一起。这样的话,我们就不会溺水了。"小木七站起来看了看河水,"现在,河水看起来没有先前那么混浊了。"

"我们可以按照木七说的试试,"阿几也站起来,"至少可以保证我们的生命安全。"

刘二虎也表示赞成,说:"木七说得对,我们先前就应该这样游的。"

兰嘎本来想反对,但看大家都赞成,也就没说话。

由于他们五个人拴在一起,自然而然成了一根绳上的五只蚂蚱。兰嘎水性好,排在最前面。刘二虎水性一般,且溺水过一次,排在第二个。小木七、阿几和阿古按顺序一个一个地排在后面。

"哇,爽极了!"走在最前面的兰嘎由衷地感叹。

"河水没有先前那么冰冷了,"刘二虎也说,"水流也没有先前那么湍急了。"

那天,小木七他们通过拴在一起这个办法洗了一下午的澡。他们当中,阿几和阿古前后呛了两次水,但都无大碍。当他们回家的时候,太阳已落到西边的山脊上了。

第八章

月圆月缺

1

这年，小木七十二岁了。

本该小学毕业的年纪，但小木七才读小学四年级。他的学习成绩还是不上不下，全班七十多名同学，他排在第四十名。有时他想，也许自己根本不适合读书，只适合种地、背柴什么的。有时他又想，如果不读书，他就不会成为"凉山少年"，不会成为网格上的励志少年了。

小木七正伤心自己学习差，好消息却来了。王峰把他喊到办公室，说："省里要举办第九届中小学生艺术节，你是凉山小歌手，又是网红，县教育局指名让你代表县里参加这届中小学生艺术节。"

小木七写的《凉山少年》在网上广为流传后，尼姆希望小学的校长杨贵州想了很久，与白阿乌商量了三次，最后把《凉山少年》定为尼姆希望小学的校歌。在白阿乌老师的精心修改后，《凉山少年》从作词、作曲到演唱、录制，都越来越完美。

小木七、刘二虎和卢八美成立了"凉山少年"组合，把《凉山少年》作为主打歌，之后又一起写了九首风格迥异的歌曲，在阿乌老师的短视频平台上进行发布。他们想找一个

大舞台展示音乐才华,却没有找到大舞台。现在,王峰老师
正好把舞台带来了。

小木七、刘二虎和卢八美十分高兴。只要能在艺术节上
拿到第一名,他们以后的音乐之路就会越走越好。他们想到
这些,心里甜丝丝的。

艺术节的时间安排在八月下旬,为了取得理想的成绩,
暑假里,小木七、刘二虎和卢八美都没有回山上,而是直接
住在尼姆希望小学排练歌曲。

他们认真排练了三首歌曲,暑假过了一个月后,县领导
下来了,最后选为比赛曲目的还是《凉山少年》。

县上下来的领导姓苟,好像是县教育局艺术股的,他认
真听了小木七他们准备的三首歌,然后说道:“你们还是演
唱《凉山少年》吧,这首歌是网络流行歌曲,只要你们一上
台,说不定直接能拿第一名。”

杨贵州、白阿乌和王峰都同意苟股长的意见。他们安排
好小木七他们的吃住,然后借来了凉山特色的演出服。小木
七和刘二虎穿了凉山最新款的少年装,衣服为右开襟,上面
绣着花鸟虫鱼,看起来美丽淳朴而又不失时尚。卢八美穿了
一套少女装,色彩大方,像一朵山茶花,热情洋溢而又不失
庄重。他们排练了一个月零十五天后,歌唱水平已炉火纯
青,就差舞台了。

他们在学校里上过一次舞台，但那是小舞台，又是在尼姆希望小学，心里没什么压力。这次，他们要到省会城市参加演出，多多少少有些畏惧和忐忑。白阿乌了解他们的心思，就给他们想办法。

"你们就把舞台想象成弓山。"白阿乌说。

小木七"扑哧"一笑："弓山和舞台有什么关系？"

白阿乌说："弓山和舞台没有关系，但和你们有关系。"

"您这话是什么意思？"

"你们生长在弓山，弓山就是你们的家。你们要到省会城市参加艺术节，把舞台想象成弓山，就不会那么紧张了。"

卢八美莞尔一笑："这个比喻很恰当，咱们就按照老师说的做吧。"

白阿乌盯着他们看了很久，忽然说："你们想不想直播？"

小木七、刘二虎和卢八美摇了摇头，傻傻地问："直播是谁？"

小木七成为网红虽然已经大半年了，但他在网络上只有小视频，还没有做过直播。没做直播的主要原因是凉山镇网络不好，就算阿乌老师想给他们做直播也没有条件。

阿乌老师忍不住笑了起来："直播不是个人。"

"难道他做了什么坏事？"卢八美静静地看着阿乌老师的脸问道。

"直播也没有做什么坏事。"

小木七想了想说:"那应该是东西。"

"直播也不是东西。"

刘二虎哈哈大笑:"既不是人,也不是东西,我们为什么要想它?"

白阿乌深吸一口气吐出去:"直播是一项功能,在短视频平台上就可以实现。"

"就像《新闻联播》那样吗?"小木七问。

白阿乌点了点头,说:"对!就是那样的。还是小木七聪明。"

卢八美用崇拜的眼神看了一眼木七,说:"七七就是因为聪明才成为网红的。"

一连下了三天雨后,凉山的太阳升起来了,草木茂密,山埂上涌动着一首首绿色的歌谣,凉山河在深谷里歌唱,乌鸦、喜鹊、布谷鸟等在山谷边的树木上鸣叫。一辆小型客车从县城来到凉山镇,车身是深绿色的,就像周边的田野。小木七、刘二虎、卢八美和白阿乌老师等收拾好简单的行李,就到镇街道停车场去等候了。

他们在那里每人吃了一个面包、一桶泡面,然后坐上客运车就往县城出发了。

小木七出过一次远门,知道凉山之外还有更高的山,还有更深的谷,还有更大的河流与悬崖。刘二虎和卢八美没有出过凉山,当小型客运车翻过凉山镇最后一道山垭,把熟悉的凉山远远抛在后面之后,他们看到一块大理石也稀奇得不得了,看到一棵普通的苦楝树也稀奇得不得了,看到结了橘子的柑橘树更是惊喜万分。

卢八美大声嚷嚷道:"我们不再是凉山少年了!我们要成为中国少年了!"

刘二虎一张乌黑的脸憋得红红的,一双眼睛直直地盯着窗外。从呼气吸气间可以感受到,他非常激动。离开凉山镇一个多小时后,他们就来到了一条大河边。

客车顺着水流的方向行驶着,刘二虎的眼睛一直盯着河水,一直等待大鱼的出现。可是,他看了好半天,还是没有看到大鱼跃出水面。

这时,刘二虎一不小心往路下方望了一眼,一下子惊叫起来:"天哪!公路下方是悬崖峭壁……司机叔叔,您不要着急,一定要开慢点儿,车上十多条生命就交到您手上了。"

小木七哈哈大笑:"二虎同学啊,你别紧张!司机叔叔开车比我们走路还稳当呢。"

卢八美的小脸儿也通红了,也许是兴奋,也许是害怕。她一只手抓住前面的座椅,一只手抓着小木七的衣襟。她提议说:"我们唱歌吧,正好可以让阿乌老师给我们录一段视频,也算是直播预告了。"

卢八美的提议得到阿乌老师的支持。小木七和刘二虎只得收回游荡在车窗外的目光,调整好状态唱《凉山少年》。

　　不一会儿,《凉山少年》在小型客运车上唱响了:

　　　　美丽的眼睛向远方,

　　　　寻找的道路在脚下,

　　　　我想问明天的翅膀呀,

　　　　风云变幻后还能否飞。

　　　　凉山少年是爱的少年,

　　　　太阳在后不怕高坡;

　　　　凉山少年是虎的少年,

　　　　钢铁本领建设祖国……

　　唱着唱着,车上三五个年轻的乘客也跟着唱起来。他们不认识小木七,但知道小木七。他们唱了一次又一次,趁停下的当儿看着小木七轻轻地说:"小伙子,你们几个唱得真好,就像原唱小木七一样唱得好。"

　　小木七、刘二虎和卢八美没有介绍说他们就是"凉山少年"组合,只是善意地微笑着。

　　他们坐车到县城时,天色已经暗了,一路上全是金黄色的路灯。他们在阿乌老师的安排下住进县招待所。刘二虎和小木七住一间,阿乌老师和卢八美住一间。他们预告说晚上九点半直播,但吃完饭回到住处时已经九点四十了。

"我们十点开播。"阿乌老师说。

小木七他们点点头:"我们有点儿担心。"

"担心啥?"

"担心没人看。"

"到时看的人至少这个数。"阿乌老师比出五根手指。

小木七张大嘴巴说:"五个人?"

"至少五十个吧。"刘二虎说。

卢八美说:"在学校演唱还有几百号人听呢。"

阿乌老师使劲比手指,不说话。

小木七有点儿蒙:"难道会有五百人?"

阿乌老师摇了摇头,还是使劲比手指。

"五千人?"

"五万人?"

"五十万人?"

阿乌老师听到"五十万人"时才放下手指,说:"短视频平台上,我们有几百万粉丝,只要直播足够精彩,观看的人数应该不会少于五十万……你们三位呀,就等着大红大紫吧!"

"除了大红大紫,我们还会得到什么呢?"刘二虎傻傻地问道。

"还会有打赏。"

十点钟说到就到,在县招待所小小的房间里,白阿乌把手机竖起来放在电视桌上,小木七、刘二虎和卢八美穿着表演服,就坐在白色的大床上直播。

最开始,他们不知道播什么,一张张脸都十分严肃。后来,他们唱了三首歌,身心就一点点放松下来了。

时间一分一秒地过去,进入直播间的人越来越多,打赏也从最初的一块两块变成了八块十块。一个小时后,打赏总额已经达到了三百块钱,这让小木七无比兴奋。他想,如果每天都直播,每天都能拿到三百块的话,那就不愁吃穿了,还可以帮助山上生活困难的邻居,比如像傻大头那样的人。

卢八美和刘二虎坐在小木七两侧,看到进来的人从一百多涨到一千多,然后到一万多,再到十万多,他们内心既激动又忐忑。他们想,难道山外的人不用劳作就可以吃饭吗?凉山上的三个小孩子在直播间唱歌,怎么会有那么多人看热闹呢?而且,他们不仅看热闹,还不停地打赏,不是一个世界的人真是无法相互理解啊!

十点半时,进入直播间的人数达到五十万,打赏的总金额达到了两千块钱。

这可把阿乌老师乐坏了。她小声地说:"这次去省里的钱有了,咱们可以在省城好好玩耍一番再回去。"

可就在这时，尴尬的事情来了。小木七他们演唱完了所有的歌曲，如果再继续唱就只能唱儿童歌曲了。阿乌老师知道，进入直播间的人没有几个是儿童，所以他们是不愿意听儿童歌曲的。

阿乌老师正在着急，一个粉丝留言道："你们在山上见过的鸟儿应该多，那你们会不会模仿鸟叫的声音？"

模仿鸟叫是小木七的特长，他除了会用口哨吹出各种鸟叫外，还可以用竖笛吹出猴子、青蛙、狐狸等的叫声。

"我来一段鸟叫。"小木七说。

小木七对着手机屏幕，两只手拢在嘴巴上，不一会儿就发出麻雀的叫声。"叽叽喳喳！""叽叽叽喳喳喳！"先是一只麻雀在叫，然后是一群麻雀此起彼伏地叫。也许在别人看来，麻雀的叫声不过是噪声，可是，在小木七这里，麻雀的叫声却成了天籁。

小木七表演完麻雀叫，直播间的打赏总额一下子翻了一倍，从两千块涨到了四千块。卢八美和刘二虎的眼睛都看直了，没有想到模仿麻雀叫也可以挣到两千块。如果真能这样，那也不用演唱什么歌曲了，直接模仿各种鸟叫好了。他们想。

小木七模仿完麻雀叫，然后又模仿猫头鹰叫。猫头鹰的叫声在山林里类似"呜呜——呜呜——"，仿佛是一个人被人捂住了嘴巴，想发出声音又发不出来。

小木七表演完了，就轮到刘二虎表演了。

刘二虎会模仿的叫声只有黄牛。山上的黄牛有三五百头，刘二虎会模仿的黄牛其实只有自家的母牛。他家的母牛毛发黑白相间，山上的人叫它花大姐，但刘二虎叫它花婶子。刘二虎三岁的时候就跟在花婶子后面玩耍，七岁时就担任放牧花婶子的任务。可以说，花婶子是凉山上年龄最大的母牛，比刘二虎还大三岁。这样一头母牛，按理说早就产不了崽了，但也真是奇怪，花婶子一年产一头牛崽，为山上的黄牛做了榜样。刘二虎的父亲牛头书记每每说到发家致富，就会把花婶子抬出来说事。牛头书记说，如果想早点儿富裕，那就养一头像花婶子这样的牛。一年里只需要一个孩子跟着，到了春夏交替之际它就会产下一头活蹦乱跳的牛崽。刘二虎能记事起，花婶子就是家里最大的财富来源。

刘二虎跟在花婶子后面，听着花婶子发出各种不同的叫声，最开始只是盲目模仿，后来就参透了叫声里的奥秘。刘二虎学着花婶子扯开嗓门叫，可以叫出九种不同的"哞哞"声。现在，刘二虎就要表演自己的看家本领了。他先清了一下嗓子，然后把嘴巴往两边扯开，借助喉咙的震颤，发出了深情款款的"哞哞"声。

一位叫章鱼小丸子的粉丝打赏了五十块，惊叹地留言说："原来凉山上的牛叫得也这么好听！凉山真是世外桃源啊!除了一山一沟遮天蔽日的原始森林,还有与万物融为一体的少年,太了不起了!"

刘二虎傻呵呵的,一边接受赞美与打赏,一边继续模仿牛叫。

刘二虎表演的第一种牛叫,是花姉子呼唤牛犊的叫声。接着,他又表演了花姉子呼唤同伴的叫声、呼唤主人的叫声、呼唤公牛的叫声、天就要下雨时的叫声、雨过天晴时的叫声等九种叫声,直播间里的粉丝们拍手叫绝。他们留言说,凉山少年把他们曾经有过、如今失去了的大自然最美的音乐带回来了。

卢八美家里养了三只羊,最擅长的就是学羊叫。她的脸红红的,羞羞答答的,但模仿出来的羊叫声干净明朗。她模仿羊羔呼唤母羊的时候,让听众感知到了生命初始的简单与善良;模仿母羊呼唤公羊的时候,让人感知到了超出爱情的信任与忠贞。凉山上的露珠与嫩草、灌木丛与鹌鹑、野兔与竹林、野鸡与蕨草等情景在直播间里时不时满溢出来。

直播进行了三个小时,时间不知不觉到了凌晨一点。按理说,这个时间点直播间应该没有什么人了,但还有三十万粉丝在观看。这晚粉丝的打赏,结束直播时达到了一万元。

天哪!小木七、刘二虎和卢八美只听说过一万块钱,从来没有见过一万块钱。他们兴奋、激动,作为直播的主导人阿乌老师也激动无比。

阿乌老师高兴地说："今晚我请三位同学吃夜宵,庆祝第一次开播获得巨大的成功。如果贵州校长知道我们获得这么多打赏与肯定,一定会包一辆车子跑来与我们一起庆祝的。"

一周后,小木七他们在阿乌老师的带领下参加了省城举办的第九届中小学生艺术节。

他们没有惧怕大舞台,而是把舞台想象成弓山,一路过关斩将,最后拿到了一等奖。

他们本来想在省城玩耍几天再回凉山,但暑假结束了,尼姆希望小学已经开学了。

小木七坐在大客车上说："我们还会再来的!"

阿乌老师安慰道："下次我们提前几天来,好好玩一趟。"

刘二虎和卢八美抱着一堆零食,坐在车上边吃边哼小曲,那幸福的模样就像成了神仙。

2

凉山上通了公路,通了水电,由于有了化肥和除草剂,做农活儿越来越轻松了。可是,不知道什么原因,姆吉奶奶的身体一日不如一日。彝族年就要到来的时候,她大病一场,然后就躺在床上起不来了。小木七请了假照顾姆吉奶奶,照顾了大半个月,不但没有把姆吉奶奶照顾好,反而让自己病倒了。

那个下午,小木七唱了一首叫《梦想》的民间歌谣。

在山上,歌名为《梦想》的歌谣无数,那只是其中一首。小木七唱得很投入,眼泪都流出来了。小木七小声地哭了。

他望着大雁飞过的天空,莫名交织的情绪一时间涌上心头。他已经十二岁了,在这个世界上已经走过十二个春秋了。他对自己绝望到极点,夜幕从高处、远处慢慢靠近时,眼泪已打湿他的袖口。

他是哭着睡去的,脏脏的脸上挂着泪痕。后来,好像还下起了小雨,但他似乎没有知觉。他一直睡,迷迷糊糊地睡。

小木七生病了,发着高烧,时不时地说着胡话。

帮忙照顾姆吉奶奶的阿尼嫂和何秀丽还以为小木七到学校去了呢,她们把第二天的猪草、苞谷面、饮用水等全都准备好后就去睡觉了。

"小木七这两天早上出门去山林里拖柴,一直拖到吃晚饭的时候才回来,会不会真到学校去了?"何秀丽说。

"也许去了吧,好像吃完晚饭后就没有看到他。"

何秀丽说:"我们还是到牛圈、猪圈里去找一下吧,也许他在某个小角落里睡着了。"

阿尼嫂先找遍牛圈楼上的每个角落,把堆起的谷草都翻起来找了。但是,她没有找到小木七。她以为小木七在偏房里,点燃一根火柴借助光亮找了,还是没有找到小木七。

阿尼嫂从屋子外向何秀丽喊:"阿姐,木七不在牛圈里,也不在偏房里。"

何秀丽提高嗓门说:"那你到猪圈上方的水泥坝上去看看,小木七这孩子,到哪里去也不打一声招呼。"

最后,阿尼嫂点燃一根火柴顺着楼梯爬到水泥坝子,才找到小木七。

小木七睡着,一直睡着。他嘴巴里小声地叫着:"奶奶,我要读书……我要上学。我要做一个好孩子,要做一个让山里为我骄傲的孩子……"

阿尼嫂抓着小木七的肩膀使劲摇晃:"木七!木七!你醒醒!你醒醒……"

"哦,阿爹回来了吗?周围咋个这么黑呢?我看不到路了……"

"木七!木七!你醒醒……"阿尼嫂一边摇晃小木七一边颤抖地叫着,"木七,你咋个了?你咋个了?快醒醒!"阿尼嫂的叫喊带着颤颤的哭声。

小木七烧得相当厉害,在迷迷糊糊里感觉到有人把他抱起来了,他似乎在一片蔚蓝的天空里飞起来了。他飞啊飞,从高高的山顶飞入深谷,又从深深的沟谷飞上山巅。他就那么一直飞啊飞，惬意极了！他在迷迷糊糊里飞出了大山，看到了山外的山、河外的河。他在迷迷糊糊里看到了学校，看到了老师和同学……他嘴里胡话不停："啊，这是山外的山啊！啊，这是村庄外的村庄啊！啊，这是河外的河啊！啊，这是无边无垠的大海！啊，我的老师！我的同学！啊，我的校园，我的朋友……"

当小木七睁开眼睛，耳边响起一个铿锵有力的声音。这个声音十分耳熟。小木七想了想，心里说："哦，原来是牛头书记的声音。"牛头书记个子瘦高，性子急，他对姆吉奶奶说："大娘，您放心吧，我看小木七没事了。"

姆吉奶奶说："真是辛苦书记了！我们祖孙俩总让您惦记着，让您费心了！"

"辛苦个啥？"牛头书记说，"在我的心目中，小木七和我家刘二虎没有什么两样的。"

然后，小木七听见牛头书记和阿尼嫂聊起天来，什么读书啦、网红啦、打赏啦……然而，没过多久，小木七又迷迷糊糊地睡去了。他躺在火塘上方的木床上，人好像飞起来了，一会儿飞在村庄上空，一会儿又落在村庄周围的庄稼地里。他一会儿感到特别冷，一会儿又感到特别热。他躺在木床上，感觉木床就像船儿一样摇晃。整整一个晚上，他一会儿梦见风，一会儿梦见雨……

也许,先祖可怜我,要把我带走了。小木七哀哀地想。他的眼泪又出来了。

小木七生病的第二天,还一直在火塘上方的木床上躺着。他茶饭不思,全身无力到翻身都懒得动。姆吉奶奶说:"过段时间杨洪邦应该就回来了,我已经请人带口信给他了。"

小木七说:"哦,知道了。"

"木七,你醒了吗?你想吃什么东西,大娘给你弄。"阿尼嫂说。

小木七说:"大娘,我什么都不想吃。"

阿尼嫂用一只湿湿的手搭在小木七的额头上,说:"烧好像退了点儿了,但为什么还不想吃东西呢?"

小木七说:"大娘,我躺一两天就会好起来的。"

阿尼嫂去弄她的猪食了。小木七昏昏沉沉,又睡着了。

昏昏沉沉中,小木七看到自家的木门开着,屋子里却没有了姆吉奶奶和阿尼嫂。小木七听到草房上面的木板上有猫和大老鼠在奔跑,把木板踩得"咚咚咚"的。他听见风在木板上哭号,似乎要出什么大事般,有种阴森森的感觉。不一会儿,他就听到突如其来的雨"哗哗哗"地下了。雨水把木板打得"叮叮咚咚"的,似乎有一万个人在敲打羊皮鼓。不一会儿,雨又停了。雨停了后,他就看到了金黄色的光柱。他想,外面可能出太阳了,在弓山的某个地方可能挂着一道弯弯的彩虹了。

也怪,冬天很少出现这样的天气。

这时,离开凉山多年的杨洪邦回来了。他刚走进院子,就用充满慈爱的声音喊:"小木七,阿爹回来了!阿爹给你带了很多好吃的。你好一点儿了吗?"杨洪邦喊着话进了屋,站在小木七的床沿边弯下腰来,摸了摸小木七的额头说:"还发烧吗?木七,你醒着呢吗?"

"我醒着的,"小木七说,"阿爹,我好多了,阿妈也回来了吗?"

"你阿妈还有事没回来,就我回来了。"杨洪邦的脊背上背着一个背篼,里面装满糖果。他把背篼卸下来,抓了一大把糖放在小木七的枕头边,说:"吃点儿糖果吧,我在凉山镇买的。"

小木七突然间有了食欲。他叫父亲剥了一颗糖放进他的嘴里,他一直含着,一颗心感到无比幸福、甜蜜。

"阿爹,您这次回来后,还要到什么地方去干活儿吗?"小木七吃完了一颗糖,自己又剥了一颗吃着,含混不清地说,"阿爹,我不想上学了。"

杨洪邦的眉头皱了一下,在床沿坐下来:"孩子,你现在还不懂事。等你长大了,就知道读书有多重要了。孩子,我知道你读书读得不好,但你应该相信自己,坚持就是胜利啊!你们这个时代只有读书,才能出人头地。你要放弃,可是要后悔一辈子的。"父亲语重心长,小木七从心底里高兴。

小木七想,如果重新上学,一定排除万难努力读书。小木七要做自己心中的英雄,老师和父母眼中的好孩子。他要努力!

杨洪邦还给小木七买了一些退烧药、消炎药。他在火塘上面吊个茶壶,为小木七烧水。等把水烧开后,他就把那些大小不一的药片拿给小木七用开水吞服。

小木七吃了药,刚开始时有点儿想呕,但过了一会儿后全身反而舒服多了。没过一会儿,姆吉奶奶、何秀丽、阿尼嫂和牛头书记他们都到了。

天将黑未黑,姆吉奶奶他们一进来就没完没了地说起孤吉森林里发生的一件事情。原先,小木七没有听明白是什么事,后来听明白了。

这个下午,在孤吉森林里,傻大头被自己砍倒的树压死了。"这个傻大头砍个树也不会砍,那么陡的坡怎么能站在树下方呢?"牛头书记忧心地说,"也许,他先祖看到他可怜,就把他带走了。"

姆吉奶奶说:"孤吉森林真是不吉利啊!"

阿尼嫂说:"木七就是到孤吉森林里去拖柴回来后得的病。那个地方也太邪门了!"

"是啊！不过比起傻大头，小木七算是幸运的了。"牛头书记靠在柜子上盘着腿坐下，看着杨洪邦的脸，"老表，你在大城市里做的啥活？赚了不少钱吧？"

杨洪邦坐在火塘上方，满脸堆笑："还能赚多少钱？这个年代，钱可是越来越不好赚了。"

"也是啊！这个年代，我们什么都不缺，就是缺钱啊！今天傻大头就是一个例子啊！"牛头书记说，"一年四季傻大头都与山林打交道，为的就是挣点儿钱啊！"说着，话题又转移到傻大头身上去了。

"这傻大头就这么死了，真是可怜啊！"姆吉奶奶感慨道。

他们把傻大头说来说去，说了五六遍，才想到小木七。

阿尼嫂坐在火塘下方对小木七说："今天下午感觉咋样？好些了吗？"

小木七说："我好多了。"说着，他从床上起来，也坐在火塘边。火塘里烧着火，旺旺的，火光把整个屋子照得亮堂堂的。

吃完饭夜已深，小木七身体虚弱，终于支撑不住又上床睡了。第二天醒来，他四处寻找父亲杨洪邦，但没有找到。原来，傻大头死了是真的，而父亲回来只是幻觉。

第九章

尾声

春节要来了,小木七的身体也一天天好了。他既高兴又失落,拖着虚弱的身体照顾奶奶。姆吉奶奶呢,也许是年老的缘故,本可以简单走动了,春节前夕又卧床不起了。她白发苍苍、瘦骨嶙峋,一双眼睛在眼眶里越陷越深,最后只剩下一点儿黑亮的光。

山上早就下雪了,弓山背后的豁口山、杨家山、织布山白雪皑皑,隐没在层层雾霭里。瓦果山埂下,小木七家的茅草屋安安静静,没有一点儿声音。据说,山下已经修好了崭新的房子,春节后山上的人就要搬到山下去居住了。

山埂上的核桃树掉光了叶片,枝丫张牙舞爪。

树上搭了喜鹊窝,一只老喜鹊站在窝边的树枝上,用嘴梳理身上的羽毛,没有发出"叽叽喳喳"的声音。

小木七坐在树下一块黑石上,目光盯着遥远的天边。他一脸忧郁,没有一点儿高兴的神色。再过两天,他就要坐车到省城,然后坐飞机去北京。阿乌老师接到通知,这一年电视台春节联欢晚会给小木七安排了《凉山少年》

的演出。

这是一件好事，对于大部分初出茅庐的歌手来说，是想都不敢想的。小木七不过是一名校园小歌手，受到了电视台的关注，这可是整个凉山的荣耀。可是，小木七一点儿都高兴不起来。姆吉奶奶的病一日比一日重，没有一点儿好起来的迹象。如果小木七不在奶奶身边，奶奶会失去生命支柱的。

我到底该怎么办？小木七想。

要是父亲杨洪邦回来就好了，家里的事就可以交给他了。但是，口信带出去很久了，还没有一点儿回音。难道他出了什么事回不来了？如果能回来，他离开凉山都十二年了，怎么就不回来呢？小木七对于父亲杨洪邦和母亲李阿洛的印象，完全靠姆吉奶奶与凉山上左邻右舍的叙述。

在凉山，小木七这样的留守儿童不少，但其他儿童至少隔两三年就可以见到一次父母。

一滴泪从小木七瘦黑的脸颊上滚落。山风飕飕，从小木七的两鬓边穿过，留下一串凄凉。

过去，小木七与姆吉奶奶相依为命，无论生活多么艰难，他都没有埋怨过父亲杨洪邦和母亲李阿洛。他想，如果一个孩子的孤单是命中注定的，那就应该积极应对。但是最近这一两年，小木七出名了，成为网红了，内心里期待的东西多了,就开始埋怨父亲杨洪邦和母亲李阿洛了。有时,一个人出了名或许也是一种错。

这时,阿乌老师和牛头书记来了。

牛头书记不无遗憾地说:"能上春晚,是凉山人民的福气。你这次去了,下次可要带上二虎和八美呀!"

小木七一脸伤心地说:"牛头大叔,我父母还是没有一点儿消息吗?"

白阿乌知道小木七心中的牵挂,上前打圆场道:"木七同学,姆吉奶奶就交给阿尼嫂和何秀丽照顾吧,大事小事有牛头书记管着,你就好好去参加春晚吧。"

牛头书记挠了挠头,说:"我已经打电话托人找了,杨默那边也托人找了,你父母的事很快就会有消息的。"

他们在树下站了一阵,呼吸着冰冷的空气沉默着。

姆吉奶奶躺在火塘下方的木床上,身体靠着一床棉被,眼睛盯着暗沉的房门。她看到小木七三人进来,深叹一口气,说:"人来到世上,没有谁能活着回去,生老病死是自然规律,没有谁可以改变。小山子,你是奶奶唯一的孙子,也是最优秀的孙子,就听阿乌老师和牛头书记的话,到北京参加春晚吧!如果你回来奶奶还在,大年三十那天我一定到山下去看春节联欢晚会,看我懂事的孙子在大舞台上怎样展示大山的风采。如果你回来我已经走了,那你一定不要悲伤,老人去世就像树叶黄落,老的树叶不落,新芽就长不出来。"

小木七忍不住恸哭:"奶奶,您是山子唯一的亲人。没有奶奶就没有山子,您不要吓唬山子。我回来后就带您到城里去看医生。"

"奶奶是老年病,看什么医生也不管用。"姆吉奶奶一脸慈祥,没有一点儿惧怕死亡的样子,"你是凉山的山子,长大了多做好事,多帮助那些需要帮助的人。我们祖孙俩没少受他人的帮助,你一定不要忘了人与人之间的温暖。"

小木七倚靠在木床上哭了一阵,抹干眼泪说:"我听奶奶的。"

阿乌老师站在火塘边静静地流着泪。她一颗心哀痛无比,但不知道怎样表达出来。她想,为什么这么懂事、唱歌唱得这么好的孩子,却要遭受与他的年龄不相称的苦难?这么坚强的老人,看透一切俗尘的老人,怎么就没有一个好的晚年呢?

牛头书记这位瘦高的汉子,这一刻鼻子也酸溜溜的,有一种想哭的感觉,喉结动了几下,忍住了。

牛头书记说:"春节后,凉山上的人就搬迁到山下住了,党和政府在山下修好了房子,我们住在山下就离大城市近了。那时,山上的孩子读书或出门打工就不用走那么远的路了。"

姆吉奶奶笑了,一脸幸福地说:"好日子一天天来了,但我老太婆的身体越来越不争气了。"

"姆吉奶奶,您不要灰心丧气!您会活到好日子到来的。"阿乌老师说。

话虽这样说,一看皮包骨头的姆吉奶奶就知道,好日子姆吉奶奶不一定等得到了。

这一夜,牛头书记和阿乌老师在小木七家坐了很久才回家。过了两天,他们就一起来接小木七了。本来,县上安排了一辆小车到山上来接的,但姆吉奶奶说,她想目送小木七下山,叫小木七尽量多走山埂上的小路,不要走山沟里的公路,因为这样姆吉奶奶就可以多看几眼小木七的背影了。

小木七背着一个陈旧的斜挎包,里面装了几块姆吉奶奶亲手制作的荞饼。

这天没有太阳,也没有一丝风。小木七、阿乌老师和牛头书记站在瓦果山埂下,上方的土坎上躺着有气无力的姆吉奶奶。

万物萧条,草木枯萎。小木七手上拿着自己制作的竖笛,背上压着凉山人民的嘱托,一颗心不知道该欢喜还是该悲伤。

"小山子,你就沿着山埂下方的小路走,走到漆树坡的时候,奶奶就可以清清楚楚地看见你远去的身影了。"姆吉奶奶说。

阿乌老师不想让小木七太伤心,就说:"姆吉奶奶,木七回来的时候,也就是您身体健康的时候了。您不要太悲观,生命就是悲中有喜。"

姆吉奶奶拿出一只手镯,说道:"小山子,这是我阿妈的阿妈传给我的,现在奶奶把它传给你,希望它能给你带来好运。"

小木七接住镯子。那是一只碧绿色的玉石镯子,里面的绿色成分大约占了百分之八十。小木七知道这是家传的宝物,但不知道自己能不能接住这样一件宝物。

这样的一天,后来山上还是出了太阳,一缕缕光芒铺展在弓山的每一寸土地上,看起来令人陶醉。不知道为什么,小木七忽然想起自己第一次走出弓山,走到杨家山森林里的时候,那只小白兔、那只小刺猬、那只啄木鸟,还有那只壁虎,不知道它们长大了没有。如果它们长大了,会不会记起很早的时候有一个叫小木七的孤单的孩子呢?当然,这些都是很久远的事了。

现在,小木七是凉山的网红,只要是刷短视频的人,没有不知道小木七的。小木七背着挎包,里面装满山上的期待,在春节前三天离开了凉山。

小木七一步三回头,在瓦果山的山埂下,顺着隐隐约约的小路往山下走,背后是姆吉奶奶用一生回顾与期盼的眼神。

"奶奶,您一定等着我。"小木七说。

阿乌老师和牛头书记背着简单的行李走在前面,小木七背着挎包走在后面。他们要翻过最后一道山垭到达漆树坡时,小木七站在那里遥望瓦果山垭下的茅草屋。屋子前方的土坎上,姆吉奶奶正坐在那里,身边是阿尼嫂和何秀丽。她们向小木七挥了挥手,似乎喊了什么话,但隔得太远没听清。

小木七掏出竖笛,站在山垭最高处吹了一曲《凉山少年》,然后流着眼泪唱起来:

    我是凉山少年呀,

    身是大山的琴键,

    无论春夏秋冬,

    奏响明天。

小木七由阿乌老师带着坐飞机到了北京,本来说好要去天安门和故宫玩一天的,但春晚录制完后,小木七已经很想姆吉奶奶了。

那天,由小木七演唱的《凉山少年》录制完了,小木七和阿乌老师就买了机票往省城飞了。他们在省城待了一晚上,第二天就坐上大客车回凉山了。

小木七回到凉山上的这个晚上,先是刮风下雨,后来响起滚雷。在这样的季节打雷是不可思议的,小木七和阿乌老师担心下起瓢泼大雨,但响雷过后就安静下来了。他们走到瓦果山埂下的茅草屋前,听到屋子里安安静静,似乎没有一个人。

难道奶奶不在家,到哪里去看病了？小木七想。

小木七把背包卸下来抱在胸前,疾步如飞地走进院子,推开半掩的木门。

屋子里坐满了人,大部分是凉山上的,但有一个胡子拉碴的中年男人小木七不认识。屋里的人抬头看见小木七,主动让出一条通道来。

通道的尽头是火塘,火塘下方垫着一张崭新的草席,上面躺着一位白发苍苍的老人，正是小木七朝思暮想的姆吉奶奶。她静静地躺在那里,面容安详,身边是阿尼嫂和何秀丽。她们正在给姆吉奶奶换衣裳。

小木七把胸前的背包丢在地上,整个人都呆住了。等缓过神来后,他才缓慢地迈出步子,一寸寸往前移,最后跪在了姆吉奶奶身边。

小木七知道奶奶去世了,他没有抱头痛哭,而是静坐在奶奶的遗体旁,用一双小手一次次整理奶奶的寿衣。

姆吉奶奶去世了,山上唯一的亲人不在了,小木七就该长大了。

一个长大了的人不是没有眼泪，而是没有痛哭的权利了。火塘上方那位胡子拉碴的男人走到小木七身边，把一只大手轻轻地放在小木七的肩膀上。他不是别人，正是十二年没有回凉山的杨洪邦。

姆吉奶奶去世一个月后，春天就到凉山了。

凉山上的人搬迁到山下，集中安置在凉山镇一块叫杨家坝的平整的土地上。

离开山上那天，小木七支开父亲杨洪邦，一个人来到姆吉奶奶的坟地上，在没有长出青草的坟包前坐了一上午。远处的山林里，布谷鸟的叫声令人心碎而迷惘。小木七用竖笛吹了一曲没有歌词的曲子。

吹着竖笛，小木七在心里说："奶奶，小山子会经常上山来看您的。"

下山时，小木七没有走公路，像那天离开凉山去北京演出时一样专门寻着山埂上的小路走。他想，奶奶不在人世了，她的灵魂肯定会守护这片熟悉的土地，一颗心也会惦念他的。他要让姆吉奶奶目送自己，走向远方，比远方更远的远方……